KB093342

내가 되는 꿈

최진영

내가 되는 꿈

최진영

장편소설

PIN

033

차례

PIN

033

내가 되는 꿈

최진영

—

    볕은 따뜻하고 바람은 차가운 수요일 오후 2시경, 할머니는 엄마가 쟁반에 차려 온 미음도 약도 마다하고 창을 조금만 열어달라고 했다. 엄마는 창을 열고 할머니 옆에 누웠다. 할머니의 고맙다는 말에 엄마는 무언가를 느꼈고, 할머니의 손을 잡았다. 할머니는 창에 담긴 하늘을 바라보며 속삭였다. 지금은 맑다고. 엄마는 할머니의 말을 잘 들으려고 몸을 꿈틀거리며 할머니 가까이 다가갔다.

    할머니는 1년 전쯤 병원에서 요양원으로 거처를 옮겼다. 요양원 생활에 불만은 없었고 건강이 회복되리라는 기대도 없었다. 요양원에서 여름을 나고 추석까지 보낸 뒤 할머니는 이제 그만 집에 가고 싶다고 말했다. 이모와 외삼촌은 할머니의 귀가를 (의무감으로) 반대하다가 '집에 가서 내가 할 일이 있다'는 할머니의 말을 듣고 퇴원 날짜를 상의했다. 집으로 돌아온 할머니는 최소한으로 먹고 움직였다. 가끔씩 할머니를 만나러 갈 때마다 나는 이번이 마지막 만남이지 않을까 생각했는데 어째서 '마지막이 아니라면 좋겠다'는 생각은 못 했는지, 할머니의 장례를 치르면서 자책했다.

할머니를 마지막으로 봤던 주말에 나는 할머니에게 그만 자라고, 또 오겠다고 했다. 할머니는 대답했다. 잠이 무겁다. 잠이 너무 무거워. 그때 할머니의 머리맡에는 성경 구절을 옮겨 적는 공책이 있었고 거기에는 할머니의 독특한 글씨체로 이런 문장이 적혀 있었다.

집은 허물 것.

성경책과 십자가와 묵주는 태울 것. 내 몸도.

잘못과 사랑은 나눌 것.

할머니는 집에서 할 일을 마쳤고 우리도 우리의 일을 끝까지 했다. 장례식 끝나고 할머니의 마지막 말을 전하면서 엄마는 말했다.

그때는 하늘이 맑다는 뜻인 줄 알았는데 그게 아닌 것도 같아. 엄마가 맑다는 뜻인 것도 같고, 그거면 좋겠어. 맑은 채로 떠난 거라면 좋겠어.

할머니는 대부분 날들 건강했고 노환은 서서히 찾아왔다. 늙으면 죽는다. 모두 알고 있잖아. 그렇다 해도 '할머니가 죽어서 사라진다'는 사실을 받아들이는 일은 내게 커다란 산 하나를 옮기는 일과 비슷했다. 산을 절반도 옮기지 못했는데 할머니는 떠났다. 남아 있는 절반의 산을 바라보며 나는 할머니의 마지막 말을 종종 떠올렸다.

지금은 맑다.

엄마는 '맑다'는 단어를 귀중하게 간직했지. 나는 '지금'이란 단어에 집중했다. 지금은 어디에 있나. 지금은 금방 사라지지. 할머니가 죽었다는 건 할머니의 시간이 사라졌다는 것. 내가 살아 있다는 건 내게 시간이 있다는 것. 사라지는 지금 속에 아직 있다는 것.

아직 있다.

그럼 할머니는?

이제 없다.

그렇게 생각을 마무리하고 싶진 않았다. 사라진 할머니가 어딘가에 어떤 식으로든 존재한다고 믿고 싶었다. 그 어딘가에도 '지금'이 있길 바랐다. 할머니는 천국을 믿었다. 천국은 영원한 곳. 다시 죽지 않는 곳. 고통도 슬픔도 의심도 없는 곳. 그런 곳에서도 '지금'이 가능한가. 나는 수시로 그런 생각에 빠져들었다. 출퇴근을 할 때도 밤 깊어 잠들기 전에도 박수원이 이기죽거릴 때도 김선우가 궤변을 늘어놓을 때도 천국을 상상했다. 나쁜 생각이나 부질없는 싸움에 빠져들지 않으려는 방법이었고…… 스스로 비겁하다고 생각했다.

나에겐 이별을 준비할 시간이 있었다. 나는 그 시간을 이상한 방식으로 이용했다. 할머니가 살아 있을 때, 그래서 곧 위급한 상황이 닥칠 수도 있다는 것을 잘 알았을 때 나는 몇 번이고 생각했었다. 지금 돌아가시면 안 되는데. 박수원이 내일까지 일을 마무리지어 보고하라고 했으니 지금 돌아가시면 내가 일을 마무리할 수가 없는데. 나는 그런 생각을 꽤 자주 했다. 나의 일이 시급하므로 할머니가 지금 죽으면 안 된다고. 반면 당장 처리할 일을 장례식 이후로 미루기도 했다. 오랜 친구에게 생일 축하한다는 메시지를 보내는 일부터 계약 기간이 끝나기 전 새로운 집을 알아보는 일까지. 매달 배란기 일주일 전부터 피가 비치면서 아랫배 통증이 심해져 진료를 받아야만 했는데, 그조차 참으면서 미뤘다. 할머니 돌아가시면 병원에 가자고. 겨울옷을 꺼내는 것도 미루다가 퇴근길에 눈에 띄는 아무 매장에나 들어가 저렴하고 품질이 좋지 않은 외투를 입어 보지도 않고 사면서 생각했다. 할머니 돌아가시면 옷장 정리를 하자고. 책상 위에 쌓이는 컵과 잡지와 책과 고지서를 치우지 않았다. 냉장고는 먹지 못할 음식으로 가득했다. 나는 매일, 정말 매일 생각했다. 박수원과 더는 한 공간에서 일할 수 없다고. 이직을 하든가 박수원과 본격적으로 싸워야만 한다고. 또한 나는 김선우와 헤어져야 했다. 김선우는 치명적으로 나를 배신했고, 배신했다는 사실을 숨기지 않고도 나와 헤어지기를 주저하고 있었다. 모든 일을 장례식 이후로 미루면서도 할머니가 지금 죽으면 안 된다고 생각했던 나는 대체 뭘 기다리고 있었던 걸까.

그리고 정말 장례식이 끝났을 때 나는 꺾이는 중이었고 부러지기 직전이었다.

늦었지만 생일 축하한다는 메시지를 전할 수 없었다. 이사를 통보할 기간은 지났다. 생리통 때문에 진통제를 먹으려다가 나에게 보복하듯 열 알을 한꺼번에 삼키고 탈진할 정도로 토했다. 하루 한끼를 서둘러 폭식하듯 먹었다. 집은 통째로 내다버리고 싶을 만큼 엉망이었고 야근은 일상이었다. 김선우는 우리 사이가 예전으로 돌아갔다고 믿었다. 뒤늦게 손쓸 수 있는 일이라고는 고작 냉장고나 책상 정리뿐이었는데 그마저도 제대로 못 했다. 출근해서 일하고 퇴근하고 씻고 누워 비극적인 상상과 나쁜 원망에 빠져드는 삶. 그게 바로 나의 하루였다. 이 순간만 견디면 된다고 생각했던 어리석은 나의 조각들이 나를 완전히 부러트리기 위해 눈사태처럼 쏟아지고 있었다.

어젯밤 엄마에게 전화가 왔다. 아직 회사냐고 물어서 그렇다고 대답했다.

벌써 9시 넘었어.

어, 알아.

밥은 먹고 일해?

왜. 무슨 일인데.

오늘 할머니 집 정리했는데, 할머니가 너한테 뭘 남긴 것 같아서.

나한테? 뭐를?

돈을 좀. 이게 현금인데 봉투에 네 이름이 써 있어.

나는 모니터에서 눈을 떼며 의자에 등을 기댔다.

그런 걸 언제 준비하셨대. 거동도 잘 못 하셨잖아.

모르지. 누구한테 부탁했는지.

할머니가 엄마 말고 그런 부탁할 사람이 어디 있어.

그건 우리가 알 수 없지. 아주 일찌감치 준비해 놓은 걸 수도 있고. 너 말고 윤지네랑 정후네 것도 있어.

아, 그래.

의자에서 등을 떼며 오른손으로 마우스를 이리 저리 움직였다. 모니터 화면의 화살표가 신경질적으로 빠르게 움직였다.

그렇게 큰돈은 아니야.

얼만데.

2백만 원.

어서 일을 끝내고 퇴근하고 싶은 마음과 그대로 컴퓨터를 끄고 자리에서 일어나고 싶은 마음 사이에서 갈팡질팡했다. 어차피 내일도 야근해야 할 텐데. 오늘 이걸 다 마친다고 내일이 가벼워지는 것도 아닌데.

시간 날 때 와서…….

엄마 말이 끝나기도 전에 반사적으로 대꾸했다.

그거 그냥 엄마 써.

내가 왜. 할머니가 너한테 남긴 거잖아.

알았으니까 엄마 쓰라고. 내가 그 돈으로 뭘 해.

통장에 넣어 봤자 금방 사라질 텐데. 할머니가 남긴 돈을 생활비로 없애는 것도 이상하잖아.

일단 갖고 있으면서 생각해 보면 되지.

근데 윤지나 정후네도 똑같이 2백씩이야?

응.

손주들 각각 2백?

그런 것 같은데.

그게 엄마, 정후한테는 도움이 될 수도 있어. 정후는 아직 학생이니까. 윤지도 뭐, 내년에 결혼한다니까 할머니가 사준 셈치고 그 돈으로 뭐라도 사면 되겠네. 근데 나한테는 그게 좀 애매한 돈인데. 그거 받자고 집에 내려갈 시간도 지금은 내기 힘들고.

당장 내려오라는 게 아니잖아. 그냥, 할머니가 너한테 이런 걸…….

알겠다니까. 그러니까 엄마가 갖고 있으라고. 똑같은 말을 몇 번을 해. 갖고 있다가 엄마 필요한 데 써도 난 상관없어. 그러는 게 영 맘에 걸리면 내 계좌로 보내 주던가.

태희야.

아, 왜.

고마워하는 마음이 먼저야.

둥글고 단단한 것으로 세게 맞은 것처럼 아팠다. 긴 숨을 내쉬며 엄마는 이어 말했다.

이게, 짜증 낼 일이 아니잖아.

······내가 뭐, 언제 짜증을 내.

계속 그러고 있잖아. 너 요즘 왜 그래.

핸드폰을 귀에 댄 채로 팔에 얼굴을 묻었다. 내 안에 가득 고여 찰랑거리며 지저분하게 새어 나오는 짜증을 나도 모르지 않았다. 슬픔도 원망도, 때로는 안도하거나 기쁜 감정도 짜증으로 나타났다. 다양한 감정을 그대로 느끼기도 표현하기도 힘들었다.

속상한 일 있으면 말을 하고.

말을 하면 뭐, 그럼 뭐가 되는데.

말을 해야 알지.

그러니까, 엄마가 알면 뭐가 달라지냐고.

엄마를 잃은 엄마에게 짜증을 내면서 나는 내가 정말 쓰레기라고 생각했다. 그런데 더 쓰레기가 되고 싶었다. 쓰레기이면서 쓰레기 아닌 척하기는 싫었다. 난 엄마 생각보다 엉망이고 앞으로 더 엉망이 될 거라고 선언하고 싶었다.

　혼자 끙끙거리는 것보다는 누구라도 알고 있는
게 낫지.

　내 잘못을 내 입으로 말하는 건 힘들다. 혼자 끙
끙거리는 것보다 더 힘든 일이다. 나는 말없이 울
었고 엄마도 말이 없었다. 핸드폰 너머에서 언니
를 부르는 소리가 작게 들렸다.

　이모도 있어?

　응.

　이모한테 말하지 마.

　말할 게 뭐 있다고. 근데 할머니가 돈이랑 같이
편지도 남겼어. 나중에 와서 봐. 천천히 얘기해도
될 일인데, 그래도 나는 네가 들으면 마음이 좀 따
뜻해질 줄 알고…….

　전화를 어떻게 끊었는지 모르겠다. 핸드폰을 든
채로 화장실로 갔고 변기에 앉아서 계속 울었다.
숨을 쉬어도 숨이 찼다. 엄마에게 다시 전화해야
한다고 생각하면서도 통화 버튼을 누르지 못했다.
미안하다고 말하기도 싫고 내가 요즘 왜 이런 상
태인지 설명하기도 싫었다. 아니, 나도 몰라서 설

명할 수 없었다.

어쩌다 이렇게 되었나.

기분이 바닥을 칠 때마다 나를 가격하는 생각.

왜 이런 사람이 되었나.

17년 전 응급실에서 중환자실로 아빠를 옮길 때, 나는 아빠가 죽을 거라고 절대 생각하지 않았다. 의사들이 아빠를 고쳐 줄 거고, 그럼 나는 아빠에게 조심 좀 하고 다니라고 말할 작정이었다. 사람이 큰일을 겪으면 뭔가를 깨닫는다잖아. 이번 일로 아빠가 꼭 깨닫는 게 있으면 좋겠어. 나는 정말 그렇게 말할 작정이었다. 하지만 아빠는 죽었고 장례식장에서 나는 계속 화를 냈다. 지금보다 많이 어렸고 죽음은 처음이었고 나는 아무것도 이해할 수 없었다. 저 사람들은 누구야? 누군데 여기 와서 울고 난리야? 그때 내 눈에는 모두 위선적으로 보였다. 사람이 죽으면 슬퍼해야 하는 거니까 그런 척을 하고 있다는 생각뿐이었다. 울고 슬퍼하는 사람이 싫었다. 울지 마, 울지 말라고. 아빠가 죽었다는 걸 그렇게 티 내지 말라고. 사람이 죽었다는 걸 어떻게 금방 받아들이지? 멀쩡하던 사람이 반나절

만에 죽었는데 어떻게 바로 믿을 수가 있어? 기다
렸다는 듯 검은 옷을 입고 와서 슬픈 얼굴로 앉아
소주를 마실 수가 있어? 반장님이 생전에 이랬고
저랬고, 마치 죽을 걸 한참 전부터 알고 있었다는
듯이⋯⋯. 나는 제대로 울지 않았다. 울면 안 된다
는 생각, 나의 울음이 아빠를 완전히 죽일 수도 있
다는 생각이 내게 힘을 줬다. 그때 내가 이해할 수
없었던 것들은 모두 어른의 일이었다. 죽음이 그다
지 낯설지 않은 사람들. 죽음이란 원래 그런 것임
을 어렴풋이 경험한 사람들의 일. 이제 그들의 나
이가 되어서 나는 짜증을 내고 있었다. 할머니가
내게 남긴 2백만 원 애기를 들으면서.

내가 못하는 거를 네 엄마가 하는 거고 네 엄마
가 못하는 거를 내가 하는 거고.

나를 맡아 보살피던 어느 날엔가 할머니가 무심
히 꺼낸 말.

언젠가는 네가 못하는 거를 네 엄마가 할 거고
네 엄마가 못하는 거를 네가 할 거고. 그런 거다.
사는 게. 지금이 영영일 것 같지만 나중 일은 아무
도 모르는 거고.

가스 불 위에 올려 둔 냄비에 된장을 한 숟가락 풀면서 할머니는 중얼거렸다. 나를 달래려는 말도 아니었고 가르치려는 말도 아니었다. 기도와 같은 말이었다.

나는 내 시간을 사는데 거기 누가 들어오는 거야. 그런다고 내 시간이 사라지는 것도 아니고. 해가 뜨고 진다고 시간이 가는 거겠나. 내가 알고 살아야 그게 시간이지. 네가 지금 부모를 원망할 수는 있어. 원망하는 그 시간은 어디 안 가고 다 네거야. 그런 걸 많이 품고 살수록 병이 든다. 병이 별 게 아니야. 걸신처럼 시간을 닥치는 대로 잡아먹는 게 다 병이지.

그때 나는 싱크대에 기대앉아 마늘을 까면서 할머니의 말을 들었다. 아무것도 모르는 할머니가 또 잔소리를 한다고 생각하면서. 하지만 잔소리라고 생각했던 할머니의 어떤 말들은 내 몸에 체취처럼 스며들어 지울 수 없는 일부로 남아 버렸다. 시간을 닥치는 대로 잡아먹는 게 다 병이라면 나는 지금 병이 든 상태인지도 모른다.

오늘도 박수원과 싸우지 못했다. 박수원은 나의 잘못을 바로 지적하지 않고 사람들이 모두 보게 만든 다음에야 '내가 처리했으니까 다음부터 조심해'라고 말했다. 나는 죄송하다고 말했고 박수원은 실수가 아니라 실력이라고 말했다. 이 나이가 되어서도 나는 왜 계속 잘못하는가. 실수와 실력 사이를 헤매고 있나. 나는 박수원과 싸우고 싶은 게 아니라 박수원 마음에 들고 싶은 건지도 모른다. 그렇게 된다면 사소한 잘못쯤은 박수원 선에서 없던 일이 될 테고 나는 정 대리처럼 한밤중에도 박수원의 카톡에 바로 답장하는 사람으로 거듭나겠지.

김선우는 늦더라도 오늘은 꼭 만나자고 했다. 와인을 사두겠다고, 집에서 기다리겠다고. 나는 한때 김선우의 그런 면을 사랑했었다. 누구에게나 친절하고 누구의 사정이든 이해하려는 심성을. 사랑받으려고 애쓰는 연약한 내면을.

집 근처 정류장에서 내리지 못했다. 옆자리에 사람이 앉아 있었는데, 버스에서 내리려면 그 사람을 지나서 버스 뒷문까지 가야 했는데 몸이 움직이지 않았다. 주술에 걸린 사람처럼 꼼짝할 수 없었다. 버스는 천변과 주택가와 대형마트를 지나 왼쪽으로 방향을 틀었다. 옆자리에 앉았던 사람이 하차 벨을 누르며 일어섰다. 더 멀어지면 안 된다는 생각으로 간신히 몸을 일으켰다. 버스에서 내려 반대편 정류장으로 건너가려다가 불빛이 따뜻해 보이는 카페로 들어갔다. 뜨거운 커피를 받아들고 구석진 자리에 앉았다. 목도리와 코트를 벗어 옆자리에 개켜 두고 주위를 둘러봤다. 책이나 노트북을 들여다보며 대화도 없이 각자의 일에 집중하는 사람들이 드문드문 테이블을 차지하고 있었다. 그들처럼 집중하고 싶었다. 마음을 먹고 실행하고 싶었다. 사직서든 이력서든 쓰고, 김선우에게 기다리지 말라는 메시지를 보내고, 친구에게 전화를 걸어 늦었지만 생일 축하한다고 말해야지. 그리고 집에 가서 책상부터 정리해야지.

다짐은 쉬웠다. 100번도 더 할 수 있었다.

핸드폰을 꺼내 엄마에게 문자메시지를 썼다.

할머니가 편지에 뭐라고 썼는데

커피가 미지근하게 식었을 즈음 문자 수신음이

울렸다. 엄마는 할머니의 편지를 사진으로 찍어 보냈다.

담배 끊어라

편지에 적힌 내용은 그뿐이었다. 이어 메시지가 왔다.

너 담배 피우냐

답장을 썼다.

아니 예전에 잠깐 고등학생 때

바로 답장이 왔다.

별걸 다 했네 할머니가 난리 났겠어

그 시절 할머니와 다투던 기억이 났고 웃음이 났다. 엄마도 잠깐 웃으면 좋겠다는 생각으로 답장을 썼다.

응 할머니 담배 훔쳐 피웠으니까

바로 전화가 왔다. 엄마는 어디냐, 뭐 하냐, 밥은 먹었냐고 묻는 위밍업도 없이 흥분한 목소리로 물었다. 할머니가 담배를 피웠다고? 나는 그렇다고 대답하면서 카페 밖으로 나왔다. 카페 내부가 너무 고요해서 모두에게 우리의 통화가 들릴 것만 같았다.

할머니 병원 다닐 때는 그런 얘기 전혀 없었는데.

엄마가 미심쩍다는 듯 말했다.

할머니도 그때 잠깐 피웠겠지.

엄마는 웃지 않았고 나는 왠지 슬퍼졌다. 내게 남길 수 있는 아주 많은 문장 가운데 '담배 끊어라'를 선택한 할머니는, 아마도 내가 웃길 원했을 거다. 그렇게 이해하고 나자 웃을 수 없었다. 우리에겐 그런 시간이 있었지. 이 망할 년아, 할머니가 뭘 알아, 내가 모르는 건 또 뭐냐, 할머니는 되고 나는 왜 안 되는데, 어디서 못된 것만 배워가지고, 내가 누구한테 배웠겠어…… 생을 정리하면서 할머니는 그때를 기억해 낸 거다. 아름답고 행복한 순간이 아니라, 윽박지르고 대드는 방법으로 서로의 비밀을 걱정하던 시간을.

전화를 끊고 카페로 들어오다가 처음에는 보지 못했던 것을 발견했다. 입구 오른편 귀퉁이에 작고 빨간 우체통이 있었다. 그 옆 탁자에는 편지지와 편지 봉투가 여러 장 놓여 있었다. 편지를 우체통에 넣으면 1년 후 봉투에 적힌 주소로 편지를 보내 준다는 글귀가 우체통 정면에 적혀 있었다.

'담배 끊어라'에 사로잡힌 채 편지지를 집어 들었다.

+

눈발이 흩날렸다. 하얗게 튼 손에 입김을 모아 빨갛게 언 귀를 만지고 발을 동동 굴렀다. 그런 행동만으로는 따뜻해질 리 없지만 그냥 그렇게 했다. 가만히 있다가는 그대로 얼음이 될 것만 같았다.

꽃을 들고 사진기를 목에 건 어른들이 교문으로 계속 들어왔다. 교장은 교단에 서서 술 취한 사람처럼 말을 많이 했다. 줄 맞춰 선 우리들 옆을 지나가던 담임이 얌전히 서 있으라고 지적했다.

나보다 세 줄 앞에 서 있는 배순지가 밭은기침을 했다. 나는 몸을 옆으로 기울여 배순지의 뒷모습을 가만히 쳐다봤다. 기침할 때마다 순지의 어깨는 피아노 건반을 누르는 것처럼 조금씩 오르내렸다.

재를 어떡하지.

코를 들이마시며 생각했다.

졸업식이 끝나면 우리는 다시 만날 수 없는 건가.

순지는 잠시 숨을 고르다가 다시 기침했다.

우리를 어떡하지.

운동장 졸업식이 끝나고 각자 교실로 들어갔다. 꽃을 든 어른들은 복도까지 따라왔다. 꽃은 선명했다. 꽃은 빛났다. 꽃을 안고 있으면 따뜻해질 것 같았다.

담임이 내 이름을 불러서 교탁 앞으로 나갔다. 담임은 미소를 지으며 상장과 졸업장을 내밀었다. 나는 침을 뱉는 상상을 했다. 진짜로 뱉지는 못했다. 대신 담임을 따라 웃지 않았다. 상장을 받으며 고개 숙여 인사하지도 않았다. 겨우 그 정도를 하지 않는 데에도 큰 다짐과 용기가 필요했다. '이제 이 사람의 마음에 들려고 눈치 보거나 마음 졸이지 않아도 된다'고 생각하는 순간 졸업의 참된 의미를 깨달았다. 목구멍이 꽉 막혔다. 억울하거나 화나거나 슬픈데 그 감정을 참아야 할 때면 목구멍이 막혔다. 목구멍의 그것을 다시 삼키는 것에만 집중하다 보면 감정은 잠깐씩 희미해졌다.

반 아이들에게 상장과 졸업장을 나눠 준 뒤 담임은 어쩌고저쩌고 얘기했다. 우리한테 하는 얘기가 아니라 복도에 서 있는 어른들 들으라고 하는 말 같았다. 만약 우리만 있었다면 저렇게 점잖게 말하진 않았을 거다. 욕이 열 번은 섞였을 거다.

어른들이 교실로 들어왔다. 어른들은 자기 아이에게 꽃과 선물을 주고 카메라 셔터를 눌렀다. 어른들 사이에 나의 엄마 아빠는 없었다. 서운하지는 않았다. 졸업식에 가족이 오기도 한다는 걸 몰랐으니까. 만약에 엄마 아빠가 왔다면, 내게 꽃과 선물을 주고 약간 들떠서 이리 와 봐라 여기 서 봐라 어깨에 손을 올려 봐라 지시하면서 같이 사진을 찍었다면, 그럼 더 싫었을 거다. 진짜 어색하고 가식적일 테니까. 우리는 꽃을 주고받는 사이가 아니다. 같이 사진을 찍는 사이도 아니다. 불행한 사람들도 아니다. 하지만 행복을 연기해 버린다면 진짜 불행해질지도 몰라.

꽃 같은 건 벌써 죽은 거야. 죽은 걸 포장해서 선물하는 거야.

그렇게 생각해도 꽃은 예뻤다.

선혜와 눈이 마주쳤다. 선혜는 미주와 있었다. 미주 엄마가 카메라를 들어 보이며 사진을 찍자고 했다. 선혜와 꽃다발을 든 미주와 나는 교실 칠판을 등지고 나란히 섰다. 카메라에서 찰칵 소리가 났다. 나는 볼 수 없을 사진에 나도 찍혔다. 어떤 표정이었을까?

선혜와 교실 구석에 서서 졸업 앨범을 펼쳐 봤다. 각자 사진을 찾아보면서 진짜 웃기게 나왔다고, 정말 마음에 안 든다고 말하면서 웃었다. 졸업 앨범의 제일 뒷면을 펼쳤다. 졸업생들의 이름과 주소와 전화번호가 적혀 있었다. 우리는 서로의 이름을 찾았다. 내가 편지하면 꼭 답장해야 해. 선혜가 나의 이름과 주소를 검지로 문지르며 당부했다.

겨울방학이 시작되고 며칠 지나지 않았을 때 엄마는 이렇게 말했다.

이사를 갈 거야. 중학교는 외갓집에서 다녀야 해.

우리 집에서 외갓집까지는 기차를 타도 버스를 타도 한 시간 넘게 걸렸다. 창밖으로 논과 밭과 산만 보이는 길을 한참 달려야 했다. 어렸을 때 한밤중에 기차를 타고 그 길을 지난 기억은 유난히 선명하다. 까만 창에 기차 내부가 희미하게 비쳐 보였다. 〈은하철도 999〉의 기관차처럼 밤하늘을 가로지르는 것만 같았다. 초록색 의자에 앉은 사람들은 기차가 흔들리는 속도에 맞춰 고개를 흔들며 잠을 잤다. 엄마는 〈은하철도 999〉의 메텔처럼 기다란 검은색 코트를 입고 있었다. 아빠와 싸우고 집을 나갈 때 엄마는 가장 좋은 옷을 꺼내 입고서 반드시 나를 데리고 나왔다. 아빠가 집을 나가는 경우도 있었는데, 아빠는 아무 옷이나 입고 혼자 나갔다. 그날도 그런 날 중 하루였겠지. 집을 나오면서 나는 짜증에 받쳐 울었고 기차를 타기 전에 엄마가 크림빵과 바나나 우유를 사 줘서 웃었다.

엄마 아빠와 같이 기차를 타고 그 길을 달린 적도 있다. 짙푸른 숲과 눈부신 하늘이 차창으로 휙휙 지나가던 여름날이었다. 숲속에서 기차가 서서히 속도를 줄였다. 다른 기차를 먼저 보내기 위해서라고 안내 방송이 나왔다. 기차가 거의 멈췄다가 다시 속도를 올리는 순간 숲속에서 공룡을 봤다. 저기 공룡이 있다고 신이 나서 말했지만 아빠는 내 말을 믿지 않았다. 무성한 나뭇잎을 공룡으로 착각한 거라고 했다. 아빠는 내가 가리키는 곳을 제대로 보지도 않고 대꾸했다. 이제 공룡은 없다고, 다 멸종했다고.

그럼 아빠는 공룡을 본 적이 없는 거잖아.

아빠가 그렇다고 대답했다.

그럼 내가 본 게 진짜 공룡일 수도 있잖아.

공룡은 그림책에만 있는 거야. 실제로 공룡을 본 인간은 없어.

그럼 아빠는 공룡을 본 적도 없으면서 내가 본 게 공룡이 아니라는 건 어떻게 알아?

아빠는 '멸종'이란 개념을 이해시키려고 애썼다. 나는 방금 공룡을 진짜로 봤다는 걸 이해시키려고 애썼다.

애는 우리가 못 보는 걸 보거든.

엄마가 밀키스를 마시면서 말했다. 당신까지 왜 그러냐고, 애한테 사실을 제대로 가르쳐야 하는 거 아니냐고 아빠가 대꾸했다.

　그래, 애잖아. 그러니까 우리는 못 보는 걸 본다
고. 어른들이 저게 떡갈나무냐 박달나무냐, 여기
로 도로가 뚫리면 땅값이 어떻게 되는 거냐 같은
걸로 싸울 때 애들은 완전히 다른 걸 본단 말이야.
나무 앞에서 나무만 보는 우리가 불쌍한 거지.

　엄마와 아빠는 말다툼을 시작했다. 그때나 지금
이나 엄마와 아빠는 어떤 이야기로도 싸울 수 있
다. 그날은 내가 공룡을 봤다고 말해서 싸웠다. 그
래서 나는 다시 공룡 이야기를 꺼내지 않았다. 하
지만 이후에도 다섯 번을 더 봤다. 덩치도 색깔도
다른 공룡들.

　이사를 결정한 뒤 엄마와 아빠는 천천히 짐을
쌌다. 많지도 않은 짐을 쌌다가 풀었다가 다시 싸
더니 결국에는 거의 버렸다. 아빠의 짐은 부산으
로, 엄마의 짐은 경기도로, 나의 짐은 외갓집으로
각기 보내졌다.

　외갓집에서 겨울방학을 보냈다. 매일 늦잠을 잤
고 하루 종일 텔레비전을 봤다. 따분할 때는 동네
를 돌아다니며 나뭇가지나 돌멩이 같은 걸 주웠

다. 주워서 들고 다니다가 외갓집 앞에 버렸다.

엄마는 토요일마다 외갓집에 와서 하룻밤을 자고 다시 경기도로 갔다. 엄마는 내게 중학교 공부를 준비하는 학원에 다니지 않겠느냐고 물었다. 나는 싫다고 했다. 여기 친구도 없는데 학원에는 왜 가느냐고. 엄마는 학원 다니면서 친구를 사귀어 두는 게 좋지 않겠느냐고 대꾸했다. 그러고는 학원 얘기를 다시 꺼내지 않았다. 나를 반드시 학원에 보내야겠다고 생각했던 것 같지는 않다. 그런 걸 물어봤고 그런 얘기라도 나눴다는 사실에 만족하는 것 같았다. 나는 질문의 순서가 틀려먹었다고 생각했다. '중학교는 외갓집에서 다니는 게 어때?'라고 먼저 물어봤어야지. 어른들은 자기들에게 안전한 질문만 한다.

겨울방학 끝나고 학교에 며칠 더 나갔어야 했는데 그건 엄마가 선생님한테 미리 말을 해뒀다고, 졸업식만 참석하면 된다고 했다. 오늘 아침에 이모가 나를 역까지 데려다 주고 표를 끊어 줬다. 나는 혼자 기차를 탔다. 내려야 할 역에서 내렸다. 택시를 타고 학교까지 왔다.

선혜가 졸업 앨범에 적혀 있는 주소로 편지를 보내도 나는 받을 수 없다. 편지를 주고받으려면 외갓집 주소를 알려줘야 하는데 그러고 싶지는 않다. 왜 이사 갔느냐고 묻는다면 거짓말을 하거나 거짓말이 아닌 대답이라면 '나도 몰라. 그냥 그렇게 됐어'라고 할 텐데 그 역시 약간은 거짓말 같으니까. 내가 먼저 선혜에게 편지를 쓰면 된다. 보내는 사람을 적는 곳에 외갓집 주소를 쓰고 편지지에 '내가 이사를 왔다'고 쓰면 된다. 선혜가 편지로 이런저런 질문을 던져도 모르는 척하고 내가 쓰고 싶은 내용만 쓰면 된다. 편지로는 그럴 수 있다.

배순지가 다가와 나를 못 본 척하면서 선혜에게 편지를 건넸다. 순지와 나는 친했다. 같이 점심을 먹고 운동장 귀퉁이에서 땅따먹기를 하고 비밀 얘기를 나누고 새끼손가락을 걸 만큼은 친했는데…… 1학기 시험을 친 다음에 사이가 틀어져 버렸다. 그때 수학 점수 70점이 안 되는 아이들은 교실 앞으로 불려 나가 회초리로 손바닥을 맞았다. 나는 75점이어서 자리에 앉아 있었는데, 손바닥 맞기를 기다리던 순지와 하필 눈이 마주쳤다. 순지는 겁에 질려 있었고 나도 그랬다. 회초리로 맞으면 얼마나 아픈지 아니까. 아프다고 울면 더 맞을 거란 것도 아니까. 순지는 기도하듯 계속 나를 쳐다봤다. 순지의 시선을 외면할 수 없었다. 손바닥을 맞으면서 순지는 잠깐 눈을 감았다. 나는 계속 순지를 봤다. 눈을 돌리는 행위는 어쩐지 배신 같았다. 순지는 울지 않았다. 그래서 나는 살짝 미소 지었다.

자기보다 겨우 두 문제 더 맞힌 주제에 마치 100점 맞은 애처럼 자기를 빤히 보다가 비웃었다고 순지는 오해했다. 순지는 친구들에게 '어떻게 그런 상황에서 웃을 수가 있어? 그런 애랑 친구할 수 있어?'라고 물어보고 다녔다. 하지만 내게 직접 따져 묻지는 않았다. 방금처럼, 티 나게 모르는 척하면서 나를 지웠다.

순지가 내게 직접 묻는다고 해도 나는 할 말이 없다. 울지 않고 다섯 대를 다 맞은 순지를 보고 안심해서 웃었다고 한다면 그 마음을 누가 알아주겠나. 그게 안심할 일인가? 다음 시험에서 나는 65점을 맞았는데 그때는 담임이 아무도 때리지 않았

다. 그래서 어떤 아이들은 더 억울해했다. 우리는
노래를 다 외우지 못했다고, 공책에 낙서를 했다
고, 복도에서 뛰었다고, 준비물을 가져오지 않았
다고 맞았다. 그런데 노래를 다 외우지 못해도, 공
책에 낙서를 해도, 복도에서 뛰어도 맞지 않는 아
이들이 있었다. 그 기준은 담임만 알았다.

　담임은 야단칠 때마다 가정환경을 들먹였다.
'이런 촌구석에서 100점 맞아 봤자'와 '이런 촌구
석에서 공부까지 못하면'을 뒤섞어서 우리의 미
래를 저주했다. 잘 달릴 것처럼 생겼다면서 다짜
고짜 계주 주자로 정해 놓고 자기 기대만큼 달리
지 못했다고 반 아이들이 다 보는 앞에서 욕을 퍼
부었다. 누구한테? 바로 나한테. 배순지한테. 그때
순지는 눈이 빨개지도록 울었다. 나는 울지 않기
위해 목구멍에 집중했다. 어떤 토요일에는 윗도리
를 가슴까지 끌어올리라고 명령했다. 담임은 우리
들의 배와 옆구리에 매직으로 엑스 자를 그렸다.
주말에는 반드시 목욕을 하라고, 월요일에도 배에
매직 자국이 남아 있으면 전교생 앞에서 망신을
줄 거라고 했다. 담임은 기분이 좋을 때면 여자아

이들을 자기 무릎에 앉히고 '아빠'라고 부르라고, 입술에 뽀뽀하라고 시켰다.

나는 일기에 썼다. 선생님이 뽀뽀하라고 해서 뽀뽀했다고. 담임은 일기 검사를 하다가 내 일기를 찢었다. 그 내용이 적힌 장만 말끔히 찢어서 돌려줬다. 그래서 깨달았다. 담임이 우리에게 뽀뽀하라고 시키는 건 감춰야 하는 일이란 걸. 나는 계속 썼다. 선생님이 때렸다. 씨발새끼들이라고 욕을 했다. 반장과 김우용을 차별했다. 5교시에 선생님한테서 술 냄새가 났다. 담임은 일기장을 몇 번 더 찢다가 어느 날 우리들 앞에서 말했다. 일기에는 화나는 일이나 고자질하는 내용을 적는 게 아니라고. 좋았던 일, 고마웠던 일, 반성하는 일, 앞으로는 그러지 말아야겠다고 다짐하는 내용을 적는 거라고. 나는 그날 밤 일기장에도 담임이 한 말을 거의 그대로 썼다. 담임은 일기 쓰기 숙제를 없애 버렸다. 그리고 지금 배순지가 그러듯 나를 없는 애처럼 대했다.

나는 순지의 비밀을 안다. 순지도 나의 비밀을 안다. 한때 우리는 서로의 비밀을 소중하게 지켜

주던 사이였다. 지금도 그 비밀을 세상에 내놓지
않을 만큼은 서로를 생각하고 있는 것 같은데 어
째서 배순지는 끝까지 나를 못 본 척하는 걸까? 갑
자기 '모욕감'이란 단어가 떠올랐다. 새해가 시작
되고 며칠 지나지 않아 이상한 편지를 받았다. 편
지 봉투 위쪽에도 아래쪽에도 모르는 주소가 적혀
있었고 받는 사람 이름만이 내 이름과 같았다. 편
지 내용은 거의 이해할 수 없었다. 그런데 똥 얘기
가 나왔다. '똥보다 지독한 모욕감'이라고 적혀 있
었다.

순지야.

순지는 못 들은 척했다.

선혜야, 배순지 말이야.

그제야 순지는 나를 쳐다봤다.

나 그때 너 비웃은 거 아니야. 진짜 아니야. 근데
웃은 건 미안해. 그건 내가 잘못했어.

나와 눈이 마주치고 내 애길 들은 순지는 잠깐
그 표정을 지었다. 손바닥을 맞기 전 겁먹은 표정.
순지는 내 말을 못 들은 척했다. 하지만 내가 한 말
을 생각하는 것 같았다. 나도 나의 말을 생각했다.

내가 방금 사과한 건가? 배순지에게 사과하고 싶었나? 졸업장을 받았으니 졸업식은 끝났다. 이제 담임은 담임이 아니고 나도 학생이 아니다. 그런데 왜 계속 무섭지? 목구멍이 아프지? 이렇게 다 끝이라고 생각하니까 더 짜증 난다.

너네 모욕감 알아? 모욕감이 무슨 뜻인지 알아?

선혜와 순지를 보며 물었다.

아, 그거 들어봤는데. 그거 나쁜 말이잖아.

선혜가 고개를 갸웃거리며 중얼거렸다.

그거 욕 아니야? 욕 같은데.

순지는 새침한 표정으로 내 눈을 피하면서 대꾸했다.

맞지? 욕 같지? 기분 더럽게 하는 것 같지?

편지를 쓴 사람은 모욕감을 받았다. 그건 똥보다 더러운 것. 그건 사람의 말. 사람의 행동. 사람의 못된 마음. 수시로 목구멍을 막아 버리는 것. 자기 행동이 적힌 내 일기장을 봤을 때 담임은 모욕감을 느꼈을까? 나는 느꼈다. 내 일기를 찢다니. 주인 허락도 없이 찢어 버리다니. 담임뿐만 아니다. 내 허락도 없이 어떤 어른들은 내 것을 함부로

찢고 없앤다. 순지는 나를 따돌리려고 했지만 그
러는 중에도 내 눈치를 계속 봤다. 어쩌면 '그런 애
랑 친구할 수 있어?'라고 다른 아이들에게 묻는 방
법으로 계속 자기한테 물었던 건지도 모른다. 이
유야 어쨌든 나는 웃었다. 그때 순지는 모욕감을
받았을까? 내가 맞고 있을 때 날 보고 웃는 사람과
나도 절대 친구할 수 없다. 순지에게 사과하고 싶
었다. 방금 전 사과는 진짜가 아니었다. 엉겁결에
나온 사과였다. 진짜 제대로 사과하고 싶은데, 진
심인지도 모르고 했던 때와는 달리 입이 떨어지지
않았다.

　누군가 선혜를 불렀다. 교실 뒷문에 선혜 엄마
가 서 있었다. 선혜가 달려갔다.

　그새 사람들이 많이 빠져나가 교실은 한산했다.
복도도 마찬가지였다. 창으로 운동장을 봤다. 거
기 사람이 많았다. 여기저기 흩어져서 사진을 찍
고 있었다. 눈발이 흩날리던 하늘은 그새 쨍하게
개어 맑고 밝았다. 웃음소리, 환호 소리, 여기 보라
고 재촉하는 소리, 누군가의 동생이 우는 소리, 야
단치고 다투는 소리가 뒤엉켜 들렸다. 순지의 기

척이 느껴졌다. 순지가 서 있는 방향으로 눈동자만 살짝 돌렸다. 뭔가 말을 하려다 마는 모습을 보고 말았다. 그래서 나는 조금 통쾌했다. 하늘만큼 화가 났다. 어째서 마지막 날에야 우리는 서로를 들여다보려고 하나. 후회하지 않으려고? 후회조차 남기지 않으려고? 순지는 자기 자리로 가서 가방에 졸업 앨범과 졸업장을 넣었다.

나 이사 갔어.

나도 가방을 챙겨 메며 순지에게 말했다.

이사 갔다고? 진짜? 어디로?

순지가 놀란 표정으로 물었다.

외갓집으로. 거기서 중학교 다닐 거야. 이제 이 동네 올 일도 없고 우리 다시는 못 봐.

순지는 잠깐 생각하는 표정을 지었다. 그래서 나도 내가 한 말을 되새겼다. 할 때는 몰랐는데, 생각해 보니까 마지막 말은 좀 아팠다.

……외갓집이 어딘데?

여기서 멀어. 기차 타고 가야 돼. 나만 외갓집에 있고 엄마 아빠랑 따로 살아. 너한테 처음 말하는 거야.

왜 따로 살아?

몰라. 자기들끼리 그렇게 정했어. 짜증 나게.

우리는 같이 교실을 나왔다. 순지가 화장실에 가고 싶다고 했다. 순지가 오줌을 누는 동안 순지의 가방을 들고 기다렸다. 여태 우리는 이렇게 지낼 수도 있었는데 왜 그러지를 못했나. 순지가 화장실에서 나오며 너도 어서 누라고, 가방을 들어 주겠다고 했다. 나는 순지를 빤히 봤다. 너는 안 마렵냐고 순지가 물었다. 나는 순지 볼에 뽀뽀를 했다. 뭐야 갑자기 왜 뽀뽀를 해, 중얼거리면서 순지는 웃었다. 뽀뽀는 이렇게 하는 거고 이렇게나 좋은 건데……. 담임은 뽀뽀도 이상한 짓으로 만들어 버렸고 나와 순지 사이도 갈라났다.

나는 여기 말고 다른 데서 눌 거야.

순지에게 가방을 건네면서 화장실을 나섰다.

다른 데? 다른 화장실?

순지가 나를 따라오며 물었다. 나는 복도 끝 교무실로 걸어갔다. 복도를 향해 난 창으로 교무실 안을 봤다. 아무도 없는 것 같았다. 조금 더 유심히 봤다. 책상 사이에서 움직이는 머리통이 보였다.

실망스런 마음에 화풀이하듯 가방끈을 세게 움켜 잡았다. 여긴 왜 왔느냐고 순지가 물었다.

담임 책상에 똥을 누려고.

순지는 놀란 표정을 짓더니 내 팔을 때리면서 웃었다.

정말이야. 마지막 날이잖아. 복수할 거야. 나중에라도 내가 그랬다는 걸 알아내 봤자 뭘 어쩔 거야. 난 어차피 이 동네를 뜬다고.

근데 왜 똥을 눠?

아님 뭘 할 수 있어? 내가 담임을 때릴 수도 없고 욕을 해줄 수도 없고.

순지가 주변을 두리번거리며 자기가 망을 봐주 겠다고, 어서 들어가서 똥을 누라고 소곤거렸다. 나는 창으로 다시 교무실 안을 봤다. 분명 사람이 있었다. 우린 힘없이 돌아서서 복도를 걸었다. 근데 꼭 책상이어야 하느냐고 순지가 물었다. 내 머릿속엔 책상뿐이었다. 순지가 눈을 가늘게 뜨며 말했다.

나 선생님 차 뭔지 알거든.

나는 손뼉을 치며 외쳤다.

그래, 차! 차도 있잖아!

계단을 뛰어 내려가며 순지가 물었다.

근데 넌 똥을 눠야지 생각하면 바로 눌 수 있어?

응, 할 수 있어.

좋겠다. 난 못 하는데.

근데 몰라. 지금은 안 될 수도 있어. 그래도 노력
은 해 보려고.

선생님들은 운동장 정면이나 뒤뜰에 차를 주차
했다. 담임이 운동장에 주차했다면 계획은 실패할
수밖에 없을 것이다. 아직 운동장에 사람이 많으
니까. 건물에서 나오자마자 운동장 정면을 가로지
르며 주차된 차를 훑어봤다. 없어, 여긴 없어. 외치
면서 순지는 뒤뜰로 달려갔다. 나는 숨을 몰아쉬
며 순지 뒤를 쫓았다. 순지와 멀어진 다음부터 졸
업식 끝나기 전까지 이토록 신나는 순간은 없었
다. 지금은 소리를 빽 지르고 싶을 만큼 신이 났다.
웃고 달리는 사이 미안하다는 말 없이도 사과한
것 같았다.

앞서 달리던 순지가 천천히 멈췄다. 담임의 흰
색 자동차는 운전석이 건물 벽을 바라보도록 주

차되어 있었다. 나는 책가방과 외투를 벗어 순지에게 넘겼다. 어디가 좋을까? 차를 한 바퀴 돌면서 궁리했다. 옆에 주차된 자동차의 바퀴를 밟고 뛰어오르듯 담임 차의 보닛으로 올라갔다. 순지는 내 가방과 옷을 껴안고서 나를 올려다봤다. 순지에게 보닛으로 올라오라고 하고 싶었다. 우리 둘이 쿵쿵쿵 뛰어서 차를 박살 내고 싶은 충동이 일었다. 박살 난 보닛과 보닛 위의 똥 중 더 큰 모욕감을 주는 건 뭘까? 빨리 해. 사람 오기 전에 빨리. 순지가 주머니에서 휴지를 꺼내 주며 소곤거렸다. 심장이 세게 뛰었다. 긴장할수록 배가 살살 아팠고 금방 똥을 눌 수 있을 것 같았다. 순지는 나를 등진 채로 자동차 뒤쪽에서 망을 봤다. 나는 운전석 유리를 등지고 앉으며 바지를 내렸다. 방귀가 먼저 나왔다. 키득키득 웃던 순지가 밭은기침을 시작했다. 나는 아주 크게 소리 지르고 싶었다. 내 똥이나 처먹으라고 외치고 싶었다. 그러지 않기 위해 목구멍에 집중했다.

교문 쪽으로 바삐 걸어가면서 우리는 계속 웃었다. 야, 이거 진짜 비밀이다. 절대 아무한테도 말하지 마. 서로에게 다짐하면서 손가락을 걸었다. 교문을 벗어 나려는데 뒤에서 누군가 큰 소리로 순지를 불렀다. 나는 깜짝 놀라 거의 주저앉을 뻔했다. 엄마! 순지가 환하게 웃으며 손을 흔들었다. 꽃을 구하지 못해서 늦게 왔다고, 너를 찾아서 교실이랑 학교를 다 돌아다녔다고, 네가 먼저 집에 갔을까 봐 걱정했다고 순지 엄마가 말했다. 순지 아빠는 카메라를 손에 쥐고 있었다. 나는 순지 부모님이 우리가 한 짓을 봤을까 봐 겁이 났다. 순지는 그런 걱정을 전혀 하지 않는 것 같았다. 순지 아빠가 사진을 찍어 주겠다고 했다. 우리는 학교 건물을 배경으로 손을 잡고 섰다. 나는 계속 뒤를 의식했다. 건물 뒤에는 담임의 차가 있고 거기에는 따끈한 모욕감이 있다. 순지가 이 사진을 보고 언제라도 깔깔깔 웃으면 좋겠다고 생각했다. 어른이 되어서도 할머니가 되어서도 이 순간의 우리를 기억하고 웃으면 좋겠다고. 사진을 보고 웃는 이유는 영영 우리 둘만의 비밀이면 좋겠다고.

우리는 사진 몇 장을 더 찍었다. 내가 순지의 가족사진을 찍어 주기도 했다. 예의 바르게 웃으면서도 나는 초조했다. 금방이라도 담임이 달려와 뒷덜미를 잡아챌 것 같았다. 부모님이 안 오셨으면 우리랑 같이 중국집에 가서 자장면을 먹자고 순지 엄마가 말했다. 나는 집이 멀어서 빨리 가 봐야 한다고 대답했다. 사정을 들은 순지 부모님이 택시를 잡아 줬다. 택시 기사에게 역까지 안전하게 태워달라고 부탁까지 해 줬다. 헤어지기 전에, 순지는 엄마에게 받은 꽃다발을 내게 내밀었다. 나는 트로피를 받듯 꽃다발을 받았다.

역에 내려서 기차표를 끊었다. 배가 고파 매점에서 빵과 우유를 사 먹었다. 이모가 신신당부한 대로, 유니폼을 입은 어른에게 차표를 보여 주며 기차 타는 곳까지 데려가달라고 부탁했다.

기차는 천천히 출발했고 서서히 속도를 높였다.

공룡을 찾기 위해 창밖을 집요하게 노려보면서 목구멍에 집중했다. 담임에게 복수했고 순지와 화해했는데도 기분이 복잡했다. 순지와 웃고 달릴 때는 신이 났었지. 순지가 같이 있어서 뭐든 할 수 있을 것 같았고 나는 정말 작정한 일을 해냈다. 하지만…… 담임에게 모욕감을 줄 때 나는 내가 징

그러웠다. 순지와 화해했으니 다행이라고 생각하기에는 야속한 마음이 너무 컸다. 우리는 더 즐겁고 신나게 지낼 수 있었다. 담임이 순지를 때리지만 않았다면 땅따먹기를 1000번도 넘게 했을 거다. 뽀뽀는 그보다 더 많이 했을 거다. 마지막 날에야 하는 화해는 우습다. 하지만 마지막 날이 아니었다면 순지가 내 말에 대꾸했을까? 나도 모르게 갑자기 사과할 수 있었을까?

공룡은 찾지 못했다. 조금 울었다.

담임에게 모욕감을 줬는지는 모르겠다. 흉터를 더 큰 흉터로 가린 것만 같았다.

꽃을 일부러 두고 내렸는지 실수로 두고 내렸는지도 잘 모르겠다.

+

주말에 외갓집에 온 엄마와 교복을 사러 갔다. 엄마는 나와 이런 것을 하는데 아빠는 절대 하지 않는다. 이러니 엄마를 더 좋아할 수밖에 없지 않나?

교복 가게 주인은 성장기 아이가 3년 동안 입어야 하므로 두어 치수 큰 옷을 사라고, 다들 그렇게 산다고 권했다. 나는 큰 옷을 입고 거울 앞에 섰다. 소매가 손등을 덮었다. 치마의 허리 부분을 두 번 접었는데도 종아리까지 내려왔다. 엄마가 아이 몸에 맞는 옷을 달라고 했다. 이렇게 큰 옷을 입고 생활하면 불편할 거라고, 불편해 보인다고. 가게 주인이 생색내며 가르치듯 말했다.

애들은 정말 금방 큰다니까. 교복이 한두 푼도 아니고 가게 하는 입장에서야 교복을 또 사러 오면 이득이니까 말리지는 않겠지만 내가 진짜 손님 입장에서 하는 말인데 내년이면 분명 후회할 거야.

엄마는 이렇게 대꾸했다.

그 정도 후회는 매일 하고 살아요. 후회를 돈으로 해결할 수 있다면 그나마 다행이고요.

아빠라면 돈만 주고 알아서 사 입으라고 했겠지. 내가 큰 옷을 입고 있어도 큰 옷인지 모르겠지. 내가 아빠 양복을 입고 있어도 그게 자기 옷인지 모를 거다. 정말 그런지 확인해 보고 싶지만 그러려면 부산까지 가야 한다. 아빠도 아빠 양복도 너무 멀리 있다.

내가 초등학생일 때, 가끔 집에서 마주치면 아빠는 내게 물었다. 학교는 잘 다니고 있느냐고. 내가 만약 아빠한테 '회사는 잘 다니고 있어?'라고 묻는다면 아빠는 뭐라고 대답하겠나. '잘 다니고 있으니 걱정 말고 너나 잘해라'라고 대답하지 않을까? 아빠는 가끔 응용력을 발휘해서 '요즘 제일 친한 친구는 누구냐'고 물었다. 내가 그렇게 묻는다면 아빠는 뭐라고 대답할까? '그걸 네가 알아서 뭐하게'라고 대답하지 않을까? 그런 아빠를 보면서 만들어 낸 나만의 이론이 있다. 지금부터 나의 '지름길론'을 짧게 말해 보겠다.

뻔한 대답을 듣지 않으려면 뻔한 질문을 피해야 한다. 뻔한 질문을 하지 않으려면 시간과 정성을 들여야 한다. 아빠에게는 내게 들일 시간과 정성이 없다. 그래서 나름 지름길을 선택한 것 같다. 내가 어떤 사람인지 탐구하는 대신 나를 어떤 사람이라고 정해 놓고 그 틀 안에서만 나를 생각하는 지름길. 내가 그 틀을 벗어나면 '네가 원래 그런 애가 아닌데'라고 말하면서 틀을 벗어난 나를 비정상으로 잘라 버리는 거다. 아빠가 생각하는 틀 안의 자식은 공부 열심히 하고 말썽 부리지 않고 예의 바르고 싹싹하고 정직한 사람. 아빠는 내가 바로 그런 사람이라고 생각하는 것 같다. 그렇게 생각하지 않으면 신경을 써야 하니까. 골치가 아플 테니까. 자기 일이나 존재 말고 '자식'에게 관심을 가져야 하니까. 아빠는 '자기가 생각하는 바람직한 자식'이란 믿음을 선택했고 내가 그 믿음에서 벗어나는 행동을 하면 자기 믿음을 의심하는 대신 나를 탓했다. 놀랍도록 편한 방식이지. 아빠는 자기 자신도 그런 틀 안에 가둔다. 진짜 자기가 어떤 사람인지는 생각하지 않고 자신이 믿는 사람을 자기라고 단정해 버린다. 내가 보는 아빠와 아빠 본인이 믿는 아빠는 너무 다르다.

아빠는 '이건 내가 원한 삶이 아니야'라는 말을 자주 했다. 무척 억울하고 분하다는 표정으로. 아빠가 원하는 삶은 아빠의 머릿속에만 있다. 아빠는 삶이 알아서 그렇게 되어 주길 원한다. 아빠는 자기가 바로 삶이라는 생각을 못 하는 것 같다.

나도 언젠가는 예의 바르고 싹싹하고 정직한 사람이 될지도 모른다. 하지만 나는 이제 겨우 열네 살이다. 나보다 훨씬 나이가 많은 아빠도 아직 그런 사람이 못 된 것 같은데 어떻게 내게 그런 걸 바랄 수 있지? 나에 대해 아는 것도 없으면서 뜬금없이 제일 친한 친구는 누구고 그 애와 주로 무엇을 하느냐고 물을 수 있다니……. 그건 경찰이나 하는 짓이다. 그렇다. 아빠는 경찰이다. 아빠는 싸움을 말리고 도둑의 뒤를 쫓고 술 취한 사람에게 정신 차리라고 말하고 동네를 순찰하는 사람. 그리고 때로는 엄마와 싸우고 집을 뛰쳐나가려는 엄마를 붙잡고 엄청 술 취한 상태에서도 자기는 제정신이라고 우기는 사람이다.

아빠에 비하면 엄마는 좀…… 복잡하다. 엄마에 대해서라면 나쁜 말도 좋은 말도 하고 싶지 않다. 이 정도 말은 할 수 있겠다. 엄마는 아빠와는 다른 방식으로 나를 외롭게 한다.

나는 아빠에게 기대하는 게 없다. 사실 뭘 기대해야 하는지도 모르겠다. 하지만 엄마에게는 기대하는 게 있다. 엄마는 아빠보다 나를 잘 알기 때문이다. 엄마는 내가 오이와 양파를 싫어한다는 걸 안다. 우유를 마시면 배가 아프다는 걸 안다. 필통에 연필을 넣을 때 흑심은 꼭 같은 방향으로 넣어야만 하고 조각난 지우개는 쓰지 않는 걸 안다. 내가 특별히 아끼는 옷과 좋아하는 가수를 안다. 잠을 못 자면 짜증을 부린다는 걸, 눕기 전에 손으로 베개를 세 번 치는 습관이 있다는 것도 안다. 이외에도 엄마는 아주 많은 것을 안다. 알면서도 때로 내게 오이 반찬을 먹으라고, 우유를 마셔야 한다고 말했다. 연필을 아무렇게나 정리했다. 생일을 기억하지 못해서 미안하다고 말해 놓고 다음 해 생일도 그냥 지나갔다. 물어본 것을 묻고 묻고 또 묻고 결국 기억하지 못했다. 뭐, 바빠서 그랬겠지. 엄마도 아빠도 늘 바쁜 사람들.

모른 척하고는 있지만 나도 들은 말이 있다. '집을 날려 먹었다'는 말. 엄마와 아빠도 그런 얘기를 했고, 할머니도 비슷한 말을 했다. 사람을 잘못 믿어 집이 넘어갔다고. 나는 날아가거나 넘어간 그 집이 바로 우리의 집이라고 짐작했지만 어른들은 내게 어떤 설명도 해 주지 않았다. 이사를 결정하면서 엄마는 직장 때문이라고 말했다. 아빠가 부산으로 발령 났고 엄마는 경기도에 직장을 구했기 때문에 우리는 떨어져서 살아야 한다고. 엄마를 따라가든 아빠를 따라가든 나는 적극적인 보살핌을 받지 못할 것이므로 할머니와 이모와 삼촌이 있는, 나를 보살펴 줄 어른이 그나마 많은 외갓집에서 중고등학교를 다니는 게 좋을 거라고. 엄마의 말 중에 거짓말은 없다. 하지만 진실도 없다. 나는 어른들이 말하지 않는 진실을 알고 있다. '같이 살고 싶지 않다'는 마음 말이다.

더는 같은 집에서 살 수가 없었던 거다. 외박을 하고 각방을 쓰더라도 같이 사는 건 같이 사는 것. 가구와 생활용품과 공기와 공간과 냄새를 공유하는 것. 상대의 흔적을 보고 듣고 느끼면서 그 사람이 존재한다는 사실을 확인할 수밖에 없는 것. 엄마와 아빠는 그걸 하고 싶지 않았던 거다. 부산과 경기도만큼의 거리가 필요했던 거다. 그리고 나를 딱 중간에 뒀다. 마치 시소 받침처럼. '같이 살고 싶지 않다'와 '혼자 있고 싶다'는 의미가 다르지 않나? 엄마와 아빠의 마음이 두 문장 중 어느 쪽으로 기울었는지는 모르겠다. 엄마도 아빠도 나와 같이 살기를 선택하지는 않았다는 것. 내겐 이 사실이 가장 중요하다.

나도 엄마나 아빠와 같이 살고 싶지는 않다. 이미 자존심이 상해 버렸으니까.

사과를 생각해 보자. 상한 사과는 상하기 전 상태로 되돌릴 수 없다. 그럴 때 할머니는 상한 부분만 칼로 도려낸다. 때로는 덩어리째 베어 낸다. 상한 부분을 그냥 두면 사과가 통째로 물크러지니까. 상해 버린 내 자존심도 도려내든가 베어 내야 했다. 그렇지 않으면 내가 통째로 물크러질 테니까. 내 자존심은 도려낸 만큼 줄어들었다. 이제 나는 남들보다 꼬깔콘 크기 정도는 모자란 자존심으로 계속 살아야 한다. 엄마와 아빠는 그 사실을 알까? 근데 엄마와 아빠의 자존심은 꼬깔콘 크기 정도가 없다기보다 전체가 겨우 꼬깔콘 크기일 수도 있다. 엄마와 아빠는 각자에게 남은 꼬깔콘 정도의 자존심을 지키기 위해 경기도로 부산으로 갔을 수도 있다. 어째서 꼬깔콘 정도만 남았느냐면……같이 사는 동안 서로의 자존심을 야금야금 갉아먹었기 때문이지. 우리가 각자의 최소한을 지키기 위해 떨어져 있는 거라고 생각하면 잠깐이나마 마음이 너그러워진다. 난 우리의 사정을 이해해 보려고 이렇게까지 생각하는데 엄마와 아빠도 그럴까?

몸에 꼭 맞는 교복을 사 주고 엄마는 다시 경기도로 갔다. 엄마 아빠랑 같이 살 때도 나는 혼자서 책가방을 챙기고 밥을 먹고 등하교를 했지만 그래도 집에는 엄마의 흔적이 있었다. 집은 엄마가 돌아오는 곳이었다. 이제 집은 엄마가 떠나는 곳. 잠깐 들르는 곳. 엄마는 일요일에 저녁을 먹기 전 외갓집을 나선다. 나는 대문을 붙잡고 서서 멀어지는 엄마를 본다. 해가 기울어 그림자는 길고 골목은 황금빛이다. 엄마는 빛 속으로 사라진다.

엄마의 방이 늘 어두웠던 때가 있었다. 창을 두꺼운 커튼으로 가려서 그곳은 한낮에도 검었다. 엄마는 방에서 나오지 않았다. 엄마가 거기 있는지 확인하기 위해 문을 살짝 열어 보곤 했다. 깊은 어둠 속에서 엄마는 진흙 덩어리처럼 움직였다. 나는 기억한다.

내 동생.

우리는 천사를 기다렸다.

이제는 아무도 그 얘기를 하지 않는다.

내가 여섯 살 때였다. 엄마가 나한테 이름을 지으라고 했다. 나는 천사라고 지었다. 천사는 예쁘고 귀엽고 모두들 좋아하니까. 아기 천사가 날아다니며 사람들에게 반짝이는 은빛 가루를 뿌려 주는 그림을 본 적도 있다. 엄마 배를 만지며 '천사야' 하고 부르면서 나는 세계 최고의 언니가 될 준비를 했다. 자고 일어나면 천사의 옷이 생겼다. 자고 일어나면 천사의 장난감과 젖병이 생겼다. 자고 일어나면 천사의 기저귀와 이불이 생겼다. 천사의 물건은 거의 희어서 방은 점점 환해졌다. 내가 용돈을 모아서 산 것도 있었다. 보라색 노란색 줄무늬가 그려진 말랑말랑한 도넛 같은 장난감. 천사가 태어나 이가 자라기 시작하면 그것을 자근자근 씹으며 놀 거라고 엄마가 말해 줬다. 나는 엄마 몰래 그것을 손에 쥐고 주물렀다. 이로 살짝 물어 보기도 했다. 천사에게 주려고 샀지만 내가 갖고도 싶었다. 우리는 자매니까 함께 물건을 써도 될 거라고 생각했다. 나중에 천사가 내 옷을 마음에 들어 한다면 맘껏 입으라고 할 거니까. 동생 때문에 진짜 짜증 난다고, 동생 같은 거 없으면 좋겠다고 말하는 친구들도 있었다. 천사가 생기기 전에는 그런 말을 들어도 별생각이 들지 않았다. 천사가 생기고 난 뒤에는 동생 때문에 짜증 난다고 말하는 나를 상상했다. 가슴이 두근거렸다. 나는 꼭 그렇게 말하고 싶었다.

어느 날 외할머니가 큰 가방을 들고 우리 집으로 왔다. 천사가 태어날 날이 가까워졌다는 뜻이었다. 우리는 모두 그날을 기다렸다. 그날 직전까지 다가갔다. 그날은 오지 않았다. 그날은 사라졌다. 그날은 없고 다음 날이 왔다. 그럴 수 있다. 하루가 사라질 수도 있다. 사라진 그날은 어둠이 되어 엄마 방에 고였다.

천사의 물건은 희어야 하는데 내가 다른 색의 장난감을 준비해서, 내가 천사의 장난감을 주물러서, 이로 물어서, 탐내서, 동생 때문에 짜증 난다는 생각을 미리 해 버려서 그날이 사라졌다.

나는 아기 천사가 했을 법한 행동을 했다. 말을 하지 않았고 울었다. 칭얼거렸고 밥을 뱉었고 토했다. 옷을 입은 채로 오줌을 눴다. 초등학교 입학을 앞두고 있을 때였다. 엄마는 그런 나를 보고 울다가, 울다가, 울다가, 소리 지르다가, 울다가, 마침내 질린 표정으로 비명을 질렀고 차가운 표정을 지었다. 아니다. 표정은 없었다. 느낌뿐이었다. 나는 엄마의 그 얼굴을 기억한다. 엄마에게 서운하거나 엄마가 미울 때는 그 얼굴을 떠올린다. 나를 구해 줄 것은 없고 내가 멈추기만 하면 삶은 끝난다는 얼굴. 나는 그 느낌을 안다.

그때 외할머니가 엄마와 나를 보살폈다. 하지만 나는 보살핌을 받는다고 느끼지 못했다. 엄마도 그랬을 것이다. 우리를 보살필 수 있는 존재는 천사뿐이었다. 실제로 천사가 엄마 배 속에 있을 때 우리 집은 밝았다. 따뜻했다. 엄마와 아빠는 예전처럼 비아냥거리거나 소리 지르지 않았다. 천사가 놀랄까 봐, 천사가 들을까 봐, 천사가 아파할까 봐 걱정하는 마음은 바로 우리를 걱정하는 마음이었다. 천사를 보호하려는 마음이 우리를 보호했다. 그때, 엄마 배 속에서, 천사는 드넓은 날개로 우리를 안았다.

천사가 사라지고 누워만 있던 엄마는, 유령의 얼굴로 나를 봤던 엄마는, 어느 날 혼자서 거실까지 나왔다. 볕이 드는 거실에서 볕을 견디며 오래 앉아 있었다. 다음 날에는 혼자 목욕을 했다. 다음 날에는 주방에 서서 밥을 먹었다. 그리고 얼마 동안 계속 외출했다. 새벽에 나갔다 밤에 들어왔다.

엄마의 신발에도 옷에도 진흙과 마른 잎이 묻어 있었다. 그때 엄마가 어디에서 무엇을 하며 태양과 시간을 견뎠는지 나는 모른다. 어른들은 그때에 대해 말하지 않는다. 나 또한 아무에게도 말하지 않았다. 나도 천사를 기억한다고. 내가 아직도 천사의 장난감을 가지고 있다고. 나는 때로 천사와 이야기 나눈다고.

명절이었다. 큰집에 아빠랑 나만 갔다. 넓은 상에 음식이 아주 많았다. 어른들은 계속 술을 마시고 음식을 먹었다. 누구였더라. 할머니인가. 큰아버지인가. 큰고모인가. '그런 일로 그렇게 오래 누워 있으면 안 된다'고 했다. '아이는 또 가지면 된다'고 말했다. '아이를 가진다'는 말은 이상했다. '아이를 또 가진다'는 말은 더 이상했다. 나는 내가 죽는 상상을 했다. 나는 또 태어날 수 있나? 엄마가 아이를 가지면 그게 다시 나일 수 있나? 우리의 천사는 오직 한 명뿐이다.

그렇지만.

내가 기억하는 건 천사가 아니지. 천사를 기다리던 우리들이지.

나는 천사를 모른다. 본 적 없다.

아빠도 모를 것이다.

하지만 엄마는 알 것이다. 엄마는 지금 천사가 움직인다고 말했었다. 엄마는 매달 병원에 가서 천사를 봤다. 엄마는 천사의 심장 소리를 들었다. 엄마는 천사가 너무 무겁다고 말했었다. 천사를 아는 사람은 엄마뿐이다. 천사는 어둠이 되어 엄마 방에 머물렀다. 천사는 그 방에서 엄마를 안아 줬을 것이다. 이런 상상을 하다 보면 나는 엄마에게 아무것도 바랄 수가 없다.

이젠 다 지나간 일일 수도 있다. 내겐 가깝지만 엄마 아빠에게는 아주 멀어져 버린 일일지도 모른다. 천사 이후에도 엄마 아빠에게는 산보다 바다보다 이 세상보다 커다랗고 엄청난 일들이 있었을 거다. 내가 뭘 알 수 있겠는가.

엄마와 아빠가 싸울 때마다 나는 천사를 생각했다. 천사가 있었다면 어땠을까 생각했다. 그러니까 엄마와 아빠가 천사를 떠올리는 것보다 내가 훨씬 자주 떠올렸을지도 모른다. 왜냐면, 천사를 떠올렸다면, 그렇게 싸우지 못했을 테니까. 우리

세 사람이 떨어져 살아야 한다는 말을 들었을 때도 나는 천사를 생각했다.

실은 아주 단순하게, 아빠 직장은 부산에 있고 엄마 직장은 경기도에 있으니까 떨어져 사는 걸 수도 있다. 근데 아무리 생각해도 이런 결론은 아빠의 지름길 선택과 다를 바 없다. 실제로 어른들이 '엄마 아빠 직장이 멀리 있으니까 따로 사는 거야'라고 말할 때마다 화가 난다. '같이 있고 싶지 않다'와 '혼자 있어야만 한다'는 어떻게 다른 의미일까?

동네를 돌아다니며 돌멩이와 나뭇가지를 주우면서 나는 계속 이런 생각을 한다. 아빠한테 전화가 오거나 주말에 엄마가 다녀가면 생각은 더 많아진다. 외갓집 앞의 돌멩이와 나뭇가지는 쌓여만 간다.

지난 일요일에는 엄마와 중학교까지 걸어갔다. 25분 정도 걸렸다. 행복마트 앞에서 횡단보도를 지나 쭉 내려가다가 다리를 건넌 다음 강변을 따라가면 도서관이 나오고 도서관 왼쪽 길로 걸어가면 학교가 나왔다. 집으로 돌아오는 길에는 엄마가 밀크셰이크를 사 줬다. 헤매고 싶지 않아서, 수요일부터 금요일까지는 그 길을 혼자서 걸어 봤다. 돌멩이를 많이 주웠다.

내일부터 나는 중학생이다.

엄마가 사준 교복을 입고 가방을 메고 그 길을 걸을 것이다.

—

희고 깨끗한 편지지를 가만히 내려다보다가 가방에서 펜을 꺼냈다.

펜으로 편지를 써 본 게 언제였더라.

업무 메일은 매일 쓴다. 다른 부서나 거래처에 뭔가를 요청하고 확인하기 위한 메일. 감정을 드러낼 필요 없는 사무적인 글을 많으면 하루에 수십 통도 쓴다. 수신인은 내가 어떤 사람인지 전혀 관심이 없으며…… 어쩌면 나를 싫어할 수도 있다. 나의 메일 때문에 일이 자꾸 늘어날 테니까. 내 이름을 보면서 자기도 모르게 한숨을 쉬거나 짜증부터 낼 수도 있다. 규모가 작은 회사일수록 업무는 체계적으로 나뉘지 않고 누군가가 떠넘기면 떠맡을 수밖에 없는 상황이 수두룩하다. '이것까지 내가 해야 하느냐' '이건 내 업무가 아니다' '정리를 제대로 하고 일을 넘겨라'는 말이 탁구공처럼 오고 간다. 그렇게 일을 주고받다가 서로를 증오하게 되고, 동료를 험담하고 깎아내리는 방법으로 점점 커지는 일을 견디기도 하고.

20대 때는 멀리 사는 친구들과 안부 메일을 주고받았다. 메일은 한 번 읽은 뒤 다시 열어 보지 않았다. 가까이 있는 연인에게는 고맙다거나 사랑한다는 말을 수십 개 문장으로 부풀려 편지지에 적어서 주곤 했다. 그런 편지에는 거의 감정뿐이었다. 연인과 주고받은 편지는 이별 후 쓰레기봉투에 버렸다.

10대 때는 친구들과 종이 편지를 주고받았고 가끔씩 다시 꺼내 읽었다. 오랜만에 봉투를 열고 편지를 꺼내 볼 때면 까맣게 잊고 있던 것들—마른 나뭇잎이나 꽃잎, 껌 종이나 학을 접는 색종이 등—이 딸려 나와서 깜짝 놀라기도 했다. 그것들에는 영화 대사나 시 한 구절이 볼펜으로 조심스럽게 적혀 있었다. 이를테면 이런 문장들. '해결될 일이라면 걱정하지 말고, 해결되지 않을 일이라면 걱정하지 마라—티벳에서의 7년' 손가락에 조금만 힘을 주어도 바스라질 것 같던 낙엽과 꽃잎과 은박 종이는 편지지에 적힌 구체적이고 장황한 글자보다 그 시절의 감정과 햇살을 더욱 고스란히 담고 있었다.

고등학생 때는 발신인을 알 수 없는 편지를 받기도 했다. 수신인에는 나의 반과 이름만 덩그러니 적혀 있었다. 그런 편지는 대개 교무실 창문 아래 반별 우편함에 꽂혀 있었다. 여고를 다니던 우리들 중에는 복도나 운동장에서 우연히 마주치거나 교내 동아리 활동을 하다가 짝사랑에 빠지는 아이들이 있었다. 우리는 예쁘고도 흔치 않은 편지지와 엽서를 찾기 위해 시내 곳곳의 문구사를 돌아다녔다. 뭉침과 번짐이 없는 펜을 골라 띄어쓰기와 맞춤법을 신경 쓰면서 편지를 썼다. '나는 오늘도 너를 찾아 두리번거렸고 내내 너를 생각했으며 이런 나의 마음을 네가 몰라도 상관없지만 너를 늘 신경 쓰고 걱정하는 사람이 어딘가에 있다는 것을 네가 알면 좋겠다'는 내용을 빙빙 돌려 쓰면서도 차마 보내는 사람의 이름만은 쓸 수 없었던 짙고 파란 마음. 나도 그런 편지를 쓴 적이 있다. 새벽 두 시까지 편지를 쓰고 아침 일찍 학교에 가서 교무실 앞 우편함에 마음을 버리듯 편지를 넣었다. 최선을 다해 퍼내고 비운 마음은 여름날 뭉게구름처럼 금세 불어났다.

그런 시절을 지나 이제 나는 편지를 어떻게 시작하는지조차 모르는 사람이 되었다.

나는 이 카페에서 오랜 친구에게 사과 전화를 하려고 했다. 이력서든 사직서든 쓰려고 했다. 김선우에게 헤어지자는 메시지를 보내려고 했다. 뭐든 하나라도 수습하려고 했다. 그런데 계획에도 없던 편지지를 바라보고 있다. 나는 내키는 대로 문장을 적어 갔다.

나는 요즘 만사 짜증 나고 귀찮고 다 망했다는 생각뿐입니다. 그렇다고 뭔가를 새로 시작할 자신도 없습니다. 어릴 때 나는 그런 어른들을 알았어요. 참을성도 배려도 없이 화부터 내는 어른들 말입니다. 내가 그런 사람이 되어 버린 것 같아서 끔찍합니다. 중요한 건…… 큰 고통이 아니라는 거예요. 거의 내가 해결할 수 있는 일입니다. 그런데 나는 미루고만 있어요. 알기 때문입니다. 눈앞의 어려움을 해결한다고 내 삶이 크게 달라지진 않을 거란 사실을. 어질러진 방을 내 손으로 치우고 나는 다시 방을 어지르겠죠. 먼지는 쌓이고 벽지는 낡아가고 어딘가에서 계속 나쁜 냄새가 올라오겠죠. 나는 구제불능이라는 사실을 거듭 확인하겠죠. 이 권태와 환멸, 손쓸 수 없다는 우울과 허무, 계속 잘못하고 있다는 죄책감은 대체 어디에서 흘러오는 겁니까.

편지지 한 장을 가득 채운 문장을 쳐다보다가 생각했다. 이런 대화를 김선우와 나눌 수도 있었는데. 그 생각을 취소하듯 편지지를 찢었다. 다시 희고 깨끗한 편지를 가만히 바라봤다. 오늘 내가 쓴 편지를 1년 뒤에 받아도 괜찮은 사람, 그때까지 사이가 틀어지지 않을 사람, 나의 부끄러운 모습을 보여 줄 수 있는 사람, 약간은 유치할 수도 있는 이벤트에 동요하지 않고 그것을 비밀에 부쳐 줄 사람을 떠올렸다. 다시 편지를 쓰기 시작했다.

+

아이들은 대부분 몸집보다 큰 교복을 입었다. 나처럼 몸에 꼭 맞는 교복을 입은 아이는 우리 반에 서너 명뿐이었다. 내 앞에 앉은 이미지도 몸에 꼭 맞는 교복을 입었다. 교복의 재질이나 색깔이 다른 아이들과 미세하게 달랐다. 사촌 언니의 교복을 물려 입었다고 했다.

수업 끝나고 미지와 같이 학교를 나왔다. 새 교과서를 받아 넣은 가방은 엄청 무거웠다. 책상 서랍에 빈틈없이 넣고 남은 책만 가방에 넣었는데도 양이 많았다. 어깨가 아파서 몇 번이고 가방을 고쳐 멨다. 어깨를 짓누르는 이것들을 1년 동안 배워

치우면 2학년이 된다. 그럼 다시 무거운 교과서를
한 아름 받아 들겠지. 그것들을 메고 다니며 뭔가
를 배우다 보면 3학년이 되겠지. 그렇게 중학교와
고등학교를 졸업하면 어른이 된다. 초등학생 때부
터 고등학교 졸업할 때까지 내가 메었고 멜 교과
서와 문제집의 무게를 생각하니 '단련'이나 '수련'
같은 단어가 떠올랐다. 학생일 때 책가방을 메고
다니며 어깨와 근육을 단련하는 이유는…… 어른
이 되어서는 어마어마한, 이를테면 지구 같은 돌
멩이를 짊어져야 하기 때문에? 지구 같은 돌멩이
를 지고 다니면서도 어른들은 그 무게를 거의 실
감 못 한다. 단련되었으니까. 그러다가 웅덩이나
구렁텅이에 발을 잘못 디디면 깨닫는 것이다. 아,
이거 엄청 무거웠잖아. 중학생이 되자마자 무거운
책가방을 메고 행복마트까지 걸어가면서 발전시
킨 생각에 나는 '책가방론'이란 이름을 붙였다.

　중학생은 좀 좋은 것 같아. 교복을 입잖아. 교복
은 내가 초등학생이 아니라는 걸 확실하게 보여
주잖아.

　미지가 말했다. 내가 책가방을 생각할 때 미지

는 교복을 생각하고 있었다.

'초등학교 때 친구들은 별로였어. 같이 놀긴 놀았는데 좀 치사하고 힘들었거든. 내가 걔들 말고 다른 친구랑 놀면 배신자라고 하면서 협박하고 그랬어. 근데 우리 다 은성중 청명중 영광중으로 찢어졌단 말이야. 졸업할 때 영원한 우정을 맹세하는 각서 같은 걸 써서 네 조각으로 잘라서 나눠 가졌는데 좀 웃겼어. 어차피 지금도 학원에서 매일 만나니까. 근데 넌 학원 어디 다녀?

미지는 따뜻한 물을 조금씩 마시는 느낌과 속도로 말했다. 어디선가 새 지저귀는 소리가 들렸다. 바람이 불지 않는데도 가로수의 나뭇잎이 파르르 떨렸다. 파란 하늘에 흰 구름이 많아 지상에 듬성듬성 그림자를 떨어뜨렸다. 그런 풍경과 미지의 목소리는 잘 어울렸다. 옆에서 하루 종일 말한다 해도 질리지 않을 것만 같았다.

미지 이야기는 지난밤의 악몽으로 이어졌다. 뭔가에 쫓겨 문을 열려고 했는데 문이 열리지 않아서 무서웠다는 이야기. 간신히 문을 열었는데 낭떠러지였다는 이야기. 추락하다가 팔다리를 부르르 떨며 깨어났다는 이야기. 그런 꿈이라면 나도 여러 번 꿨다. 한없이 아래로 떨어지는 꿈. 추락의 끝은 현실인 꿈.

할머니는 그걸 키 크는 꿈이라고 했거든.

괜히 반가운 마음이 들어 물었다.

너도 할머니랑 살아?

나는 태어날 때부터 할머니랑 한집에 살았는데.

나도 지금은 할머니 집에서 사는데.

진짜? 친할머니 집?

외할머니.

나는 외할머니 본 적이 거의 없어.

나는 친할머니 본 적이 거의 없는데.

있잖아, 그런 건 복잡한 거 같아. 이유를 들어도 이해가 안 되고.

뭐가?

누구를 보고 안 보고 그런 거. 어른들끼리 말이야.

나는 고개를 끄덕였다. 미지 말을 들으니 묘하게 납득이 되고 위안이 됐다. 그래, 그렇겠지. 엄마와 아빠가 서로를 안 보고 사는 이유도 엄청 복잡하겠지. 삼각기둥의 높이를 구하는 문제처럼 어렵겠지. 그러니까 나한테 설명을 안 해 주는 거겠지.

근데 있잖아. 나는 그게 어째서 키 크는 꿈인지 잘 모르겠어. 떨어지는 꿈을 꿔서 무서운 거랑 키 크는 거랑 무슨 상관이라고. 그렇게 떨어지면 결국 죽을 거잖아. 죽을 수밖에 없잖아. 그러니까 그건 죽는 꿈이란 말이야. 근데 어른들은 그걸 키 크는 꿈이라…….

미지는 자기 말에서 뭔가를 깨달은 것처럼 눈을 점점 크게 떴다. 동시에 나도 뭔가를 깨달아 버렸다.

오오.

감탄하면서 나도 모르게 미지의 손을 꽉 잡았다.

그게 그런 뜻인가.

그런 건가.

우리는 동시에 중얼거렸다.

있지, 너랑은 뭔가 잘 맞는 거 같아.

이번에는 미지가 내 손을 꽉 잡으며 말했다.

난 있잖아, 이건 비밀인데, 난 죽은 사람 본 적 있거든. 넌 본 적 있어?

천사를 생각하면서 고개를 저었다.

난 할아버지 봤거든. 내가 제일 먼저 봤어. 할아

버지랑 한방에 있었거든. 나 여덟 살 때 그랬는데, 나는 할아버지가 잠든 줄 알고 할아버지 손가락에 종이 인형을 여러 개 끼워 놓고 가족 놀이를 하고 있었단 말이야. 근데 그때 할아버지는 죽은 거였대. 나는 지금도 누가 자고 있는 거 보면 꼭 깨워 보거든. 안 그럼 무서우니까.

그러니까 미지의 비밀은 죽은 사람을 본 게 아니라 자는 사람을 반드시 깨워야 하는 버릇. 나는 엄마의 어두운 방을 떠올렸다. 그때 나도 미지와 비슷한 마음으로 엄마를 억지로 깨우곤 했다. 엄마도 나를 그런 마음으로 깨워 본 적 있을까?

행복마트 앞에서 헤어지기 전에 미지가 말했다.

있잖아, 다음에 나랑 시내 놀러 갈래? 시내에 비디오테이프 빌려주는 가게가 있는데 거기 가면 영화 엽서 살 수 있거든. 거기 같이 안 갈래?

나는 그러자고 했고 미지는 횡단보도를 건너갔다.

나는 행복마트 통유리에 비친 내 모습을 멍하니 쳐다봤다. 바람이 불어 흙먼지가 일었다. 머리칼이 흩날렸다. 내가 왜 여기에 있지. 나는 지금 어디로 가고 있는 거지. 오늘은 첫날. 교복을 입고 학교에 가기도 첫날. 학교 마치고 외갓집으로 가기도 첫날. 오늘 본 사람들은 전부 처음 보는 사람들. 시내버스가 천천히 다가와 정류장에 섰다. 내리고 타는 사람들을 쳐다보며 같이 시내에 가자는 미지의 말을 떠올렸다. 오늘 미지를 처음 만났는데도 어쩐지 미지와 시내에 여러 번 다녀온 것만 같았다. 학교에서도 그랬다. 처음 가 본 장소였고 처음 만난 사람들이었는데도 오늘과 같은 날을 여러 번 겪어 본 것 같았다. 왜 이렇게 익숙하지? 익숙한데 왜 어색하지?

다시 통유리를 쳐다봤다. 거기 비친 나는 과거의 나 혹은 미래의 나였다. 그래서 무수히 겪어 본 나였다. 그냥, 그런 기분이었다.

.

.

.

무거운 책가방에는 금세 적응했다.

익숙하고도 어색한 날들이 빠르게 지나갔다.

미지의 그림은 독특하다. 연습장에 볼펜으로 스케치만 할 뿐인데 빛이 났다.

바람을 타고 향기가 왔다. 라일락 향기라고 한수가 말했다. 우리는 라일락을 찾아서 비탈을 올랐다. 라일락을 찾으려고 했는데 정상에 올랐다. 정상에 거대한 봄이 숨어 있었다. 숨어서 뽐내고 있었다. 내려오는 길에 우리는 경쟁하듯 미끄러졌다. 스타킹이 찢어지고 블라우스가 더러워졌다. 웃음은 커졌다. 다람쥐다, 하고 말해서 다람쥐가 사라졌다. 우리는 라일락을 찾지 못했다. 비탈을 내려오자 다시 향기가 불었다.

은이가 2학년 오찬란 언니에게 편지와 선물을 직접 전할 수 있도록 우리는 작전을 짰다. 작전은 성공했고 실패했다. 은이는 답장을 받지 못했다. 우리는 매번 새로운 작전을 짰다. 은이는 답장을 받지 못했다.

점심시간이면 한수와 은이와 나는 도시락을 들

고 미지 자리로 모였다. 미지의 점심이 김밥과 컵
라면일 때 우리는 플라타너스 아래로 나가 소풍
온 기분으로 점심을 먹었다. 나의 반찬 통에 두부
조림이 있을 때마다 한수는 박수를 쳤다.

나와 미지 자리는 멀어졌다가 가까워졌고 기적
처럼 두 번 연속 짝이 된 적도 있다.

한수는 중간고사에서 전 과목 통틀어 네 문제를
틀렸다. 우리는 한수를 재수 없는 년이라고 불렀
다. 기말고사에서는 두 문제를 틀렸다. 우리는 한
수를 미친년이라고 불렀다.

네 사람이 좋아하는 가수는 완벽하게 다르다.
가수 얘기를 하면서 제일 많이 싸웠다.

토요일이면 버스를 타고 시내에 나가 볼펜과 편
지지와 영화 엽서를 샀다. 한수는 파란색에 집착
해서 파란색 볼펜을 종류별로 모았고 파란색으로
는 글자를 쓰지 않았다.

은이가 가장 먼저 생리를 시작했다. 그리고 미지, 늦여름에는 한수. 나는 겨울에야 시작했다.

2학년 올라가면서 미지와 나는 교복을 새로 샀다. 엄마는 후회하지 않았다.

한수는 1반, 은이는 5반, 미지와 나는 7반이 되었다. 전교생이 한수를 아는 것 같다. 언젠가 미지는 전 국민이 아는 사람이 될 것만 같다.

미지는 같은 학원의 김도명과 박세준에게 고백을 받았다. 박세준의 사소한 버릇까지 미지는 알고 있었다. 연필을 특이하게 잡는다며 세준의 연필 잡는 방법을 보여줬다. 세준이는 속눈썹이 엄청 길고 세준이는 여기에 점이 있다며 자기의 눈과 코 사이를 가리켰다. 미지는 세준의 고백을 거절했다고 말했다.

미지는 내가 상상하는 범위를 벗어나 있었고 미지는 갑자기 아름다워졌다. 나는 불안했다.

전교 회장 오찬란 언니가 2학년 교실까지 내려와서 어색하게 쾌활한 척하며 미지에게 말을 걸었다. 우리는 작전을 짠 적이 없다. 미지는 웃었다. 여유로운 웃음.

왜 저렇게 웃지? 나는 욕을 했다. 아무도 들을 수 없도록.

은이와 미지는 짐승처럼 으르렁거리며 싸웠고 한수는 울었다.

지긋지긋하면 나무 의자에 누워 하늘을 봤다. 새파란 하늘과 눈부신 태양을 오래 바라보면 몽롱해졌고 괜찮아졌다. 하늘은 늘 그곳에 있다. 그곳에서 지상의 우리들과 완전히 다른 속도와 크기로 움직인다. 하늘은 아무리 봐도 지겹지 않다.

2학년 마지막 시험에서 한수는 올 백을 맞았다. 넌 커서 뭐가 되려고 그러니? 한수의 장래 희망은 없다.

3학년 이산 언니가 크리스마스이브에 미지 앞에서 울었다는 소문을 들었다. 마음이 너무 뜨거워서 실제로 열이 났다.

겨울방학 시작하던 날 한수에게 편지를 받았다. 열두 장짜리 편지였다. 거기에 한수의 아름다움과 고통이 있었다. 나는 답장하지 않았다.

라일락은 이상한 꽃이다. 마주치면 모른 척한다.

.

.

.

미지와 나는 3학년 때도 같은 반이 되었다. 무거운 교과서를 짊어 메고 미지와 행복마트까지 걸었다. 미지와 헤어지고 혼자 걸을 때 눈발이 흩날렸다. 문득 초등학교 졸업식이 떠올랐고 아주 오랜만에 순지를 생각했다. 순지는 비밀을 지키고 있을까? 순지가 그 일을 까맣게 잊었길 바랄 뿐이다. 요즘 6학년을 보면 진짜 뭘 모르는 애들 같고 유치하다는 생각만 든다. 내가 그때 6학년이었으니까 담임 차에 그런 짓을 할 수 있었지, 지금이라면 절대 못 했을 거다. 차라리 담임 얼굴에 침을 뱉었겠지.

아무도 없는 집에 들어와 책가방을 책상 옆에 내려놓고 교복을 입은 채로 의자에 앉았다.

이모와 같이 쓰는 방에는 옷장과 화장대와 책상이 있다. 외갓집으로 이사했을 때, 엄마는 이모에게 화장대를 사 줬고 이모는 자기가 쓰던 책상을 내게 줬다. 책상은 오른쪽 벽에, 화장대는 왼쪽 벽에 붙어 있다. 밤이면 이모는 화장대 앞에 나는 책상 앞에 앉아 각자의 스탠드를 켜고 볼일을 본다. 그러다 책상과 화장대 사이에 이불을 깔고 잔다. 이모는 저녁 7시에서 8시 사이에 집에 오고 가끔은 아주 깜깜한 밤에 온다. 이모는 자기 전에 애인과 통화한다. 이모의 연애는 절대 비밀이고 나는 비밀을 지킨다. 할머니는 아침 7시부터 오후 3시까지 식당에서 일하고 저녁 8시 반에 하는 일일드라마를 보다가 잠든다. 외삼촌도 같이 살지만 얼굴 보기가 힘들다. 주중에는 공익 요원으로 복무하고 주말에는 방에서 잠만 자거나 아예 집에 안 들어오니까.

책상 서랍을 끝까지 열어 노란색 봉투를 꺼냈다. 그동안 받은 편지, 일기장, 천사의 장난감을 넣어 두는 봉투. 한수가 준 편지를 넣으려다가 봉투에 들어 있는 것을 전부 꺼내 책상 위에 늘어놓았다.

편지는 이상하다. 봉투를 열고 편지지를 펼치면 내가 전혀 몰랐던 마음이 펼쳐진다. 말은 사라지고 기억은 희미해져도 글자는 남는다. 비밀스러운 마음이 선명하게 남아 버린다. 내게 그걸 주면 나는 가진다. 편지를 쓸 때의 그 마음을 나는 확실히 가진다.

내게 '모욕감'이란 단어를 알려준 편지를 집어 들었다. 외갓집으로 이사 오고 며칠 지나 받은 편지였다. 외갓집 우편함에 꽂혀 있었다. 봉투에는 모르는 주소가 적혀 있었지만 받는 사람 이름에는 내 이름 세 글자가 있었다.

이제는 모욕감이 어떤 뜻인지 안다. 6학년 때 짐작하던 뜻과 그리 다르지 않은 것 같다. 중학생이 되고도 나는 이따금 모욕감을 느꼈다. 체육 선생이 여름에 나를 훑어보던 눈빛, 과학 선생이 뜬금없이 여자들이 생리할 때 나는 냄새가 무슨 냄새랑 비슷하다고, 지금 이 교실에서 누가 생리를 하는지 자기는 옆을 지나가기만 해도 알 수 있다고 말하면서 기분 나쁜 웃음을 지었을 때, 사회 선생이 우유를 담아 놓은 통을 발로 차면서 젖통이라고 부르고 이상한 농담을 했을 때…… 쉬는 시간이면 우리는 재수 없고 더럽다는 말을 주고받으며 선생들의 기분 나쁜 말과 행동을 떨쳐 내려고 했다.

내가 엄마 아빠와 떨어져서 산다는 걸 안 다음부터 한수가 일부러 자기 가족 이야기를 피한다는 느낌을 받았을 때도 모욕감 비슷한 걸 느꼈다. 나는 나의 불쾌함이 당혹스러웠다. 배려하는 마음일 텐데 어째서 나는 상처받는가. 하지만 그런 순간은 이후에도 꽤 있었다. 어떤 친절은 내 사정을 돌아보게 했고 나를 아프게 했다.

은이에게는 서울에서나 살 수 있는 메이커 옷이 많았다. 나는 들어 본 적도 없는 메이커였다. 그것이 얼마나 희귀하고 비싼 상품인지 다른 아이들이 하는 말을 듣고서야 알았다. 그런 얘기를 듣고

난 뒤에는 은이의 운동화와 가방이 다르게 보였다. 이전까지 나는 나의 가난에 관심 없었다. 용돈이 부족할 때가 있었지만, 세상에는 먹고 싶은 것도 갖고 싶은 것도 많기 때문에 용돈이란 언제나 부족할 수밖에 없다고 생각했다. 은이 집에 놀러 갔을 때, 은이가 주방 식탁 바구니에 담긴 만 원짜리 지폐 서너 장을 자연스럽게 집어서 자기 지갑에 넣는 걸 보고는 심장이 덜컥 내려앉았다. 도둑질을 보는 것만 같아서. 하지만 은이에게 그건 도둑질이 아니었다. 생활 방식이었다. 은이는 뭘 먹으러 가자는 말을 자주 했고 은이 덕분에 나는 피자를 처음 먹어 봤다. 은이는 나의 햄버거 값이나 아이스크림 값을 (내게 물어보지도 않고) 먼저 내곤 했다. 중간고사 음악 실기 시험으로 악기 연주를 했었는데, 그때 은이는 자기 집에서 피아노 연습을 하라고 먼저 말했다. 은이 집에서 내가 피아노로 에델바이스 연주를 연습할 때 은이는 바이올린으로 더 어려운 곡을 연습했다. 은이는 자기의 수채화 용품과 파스텔을 아낌없이 나눠 썼다. 물론 나에게도 있는 것들이지만 은이의 것이 종류도 많고 질도 좋았다. 은이의 무심한 친절이랄까, 여유랄까, 그런 것을 느낄 때면 때로 마음이 편치 않았다. 다른 사람의 물건을 빌려 쓰면 불편한 마음이 드는 게 당연하지. 하지만 미지의 친절보다 은이의 친절이 더 신경 쓰였다. 나는 그런 걸 신경 쓰는 내가 못나게 느껴졌고 싫었다.

아, 그리고 기말고사 칠 때 시험 감독을 보던 국어 선생이 내가 커닝을 시도한다고 오해하고는 갑자기 '이 돼먹지 못한 것이'라고 소리 지르면서 화를 냈는데 (나는 문제를 다 풀고 시간이 남아서 잠깐 멍하게 허공을 응시하고 있었다) 그때도 상당히 모욕적이었다. 선생은 내게 다가와서 나의 시험지와 OMR 카드를 거칠게 빼앗아 살펴봤다. 문제를 다 풀었다는 걸 확인한 뒤에도 선생은 계속 나를 주시했다. 나는 기분이 나빠서 자리에서 일어나 OMR 카드를 교탁 위에 탁 내려 놓고 교실을 나왔다. 너무 분해서 가만히 앉아 있을 수가 없었다. 자기 멋대로 나를 의심해 놓고 사과도 없이 어쩜 그렇게 당당할 수 있는지. 교실 앞문을 열고 복도로 나서자 '에이씨 될 대로 되라'라는 혼잣말이 튀어 나왔다. 선생이 복도로 나와 나를 지켜보고 있을 것만 같아서 몹시 뒤돌아보고 싶었지만 참았다. 건물을 빠져나와 운동장의 돌계단에 앉는 순간 종이 울렸다. 만약 시험 시간에 한수가 나와 똑같은 행동을 했다면 절대 그런 식으로 의심하고 횡포를 부리진 않았을 거란 생각을 하자 더 기분이 나빴다. 미지는 그날 내 행동이 엄청 멋있었다고 두고두고 말했다. 나는 선생의 행동만 보고 내가 진짜 커닝을 했을 거라고 의심하는 아이들이 있을까 봐 전전긍긍했다.

아무튼 모욕적인 순간은 많았다. 어떤 일을 겪고 한참 지난 뒤에야 그때 내가 느껴야 했던 건 부끄러움도 자책도 아닌 모욕감이었다고 되짚을 때도 있었다.

그리고

모욕감은 남한테서만 받는 게 아니라는 것, 내가 나를 모욕하는 순간도 있다는 것을 이제 나는 안다.

2학년 여름의 짧은 시기에 나는 종종 말했다. 우리 부모가 이혼했다고. 뜬금없이 고백하듯 내뱉었다. 어떤 날에는 아주 은밀한 비밀처럼 말했고 어떤 날에는 유세하듯 말했다. 엄마는 거의 매주 나를 만나러 왔다. 아빠도 두어 달에 한 번 정도는 잠깐이나마 들러서 자장면이나 돈가스를 사 주면서 '친한 친구가 누구냐' 같은 질문을 했다. 그런데도 나는 담임과 상담할 때 부모님과 거의 연락하지 않는다고, 부모님은 내게 관심도 없다고 말했다. 엄마 아빠가 나를 아주 버렸다는 식으로 거짓말했다. 그때 담임의 눈빛을 보며 나는 날카로운 기쁨을 느꼈다. 어딘가 깊게 베여서 피가 많이 나고 상처가 벌어지는 것 같았는데 짜릿했다. 담임은 이전보다 나를 살갑게 대했다. 나는 태도가 달라진 담임을 경멸했다. 담임을 좋아하다가 우습게 여기다가 싫어했다가 다시 열렬히 좋아하는 과정을 한동안 반복했다. 아이들 앞에서는 담임을 흉보면서 거의 매일 담임에게 편지를 썼다. 꾸며 낸 나의 하루와 부풀린 감정을 빼곡하게 써서 담임의 책상에 두었다. 담임은 답장을 하지 않았다. 답장

을 하지 않는 것마저 어떤 신호라고 나는 생각했
다. 담임의 눈빛은 꾸준히 따뜻했고 나의 감정은
점점 복잡해졌다. 겨울방학 동안 담임을 만나지
않으면서 복잡한 감정은 서서히 잦아들었고 나는
나를 경멸하게 되었다. 관심이 필요한 아이를 연
기하며 내가 나를 모욕했으니까. 담임은 나의 수
많은 편지를 어떻게 했을까. 설마 간직하고 있을
까? 아, 제발 모두 불태워 버렸길. 담임에게 쓴 유
치한 편지를 생각하면 내가 너무 싫어서 미쳐 버
릴 것 같다. 대체 왜 그런 짓을 했는지. 과거의 나
를 도저히 이해할 수 없다.

그러니까 편지는 위험한 거야.

책상에 늘어놓은 편지를 쳐다보며 중얼거렸다.

마음을 글자로 전하는 건 정말 멍청한 짓이라고.

하지만 나는 한수의 편지를 사랑한다. 한수의
편지를 읽으면 나란 존재가 (잠깐이나마) 좋아진
다. 한수의 편지는 주사 같다. 읽을 때는 아픈데 읽
고 나면 어딘가 나은 것만 같다. 지금보다는 좋아
질 수 있을 것 같다. 왼손으로 한수의 편지를 하나
하나 매만지다가 나는 여전히 손에 들고 있던 봉

투를 열었다. 서울의 이태희에게 가야 했지만 내게 잘못 도착한, 내게 모욕감이란 단어를 알려준 그 편지.

÷

태희에게.

1년 뒤 편지를 보내준다는 카페에 앉아 이 편지를 쓴다.

너는 얼마나 달라져 있을까?

만약 네가 여전히 김선우를 만나고 있다면 이 편지를 읽지 마. 너는 읽을 자격이 없어.

김선우와 헤어졌다면, 너는 지금 어떨까? 그리워할까? 이미 잊었을까? 김선우와 헤어지고 감정이란 것이 남는다면 그건 대체 뭘까 궁금하다.

지금 나는 무엇도 상상할 수 없어 분할 뿐이야.

할 수 있는 것이라곤 이별뿐이어서 분해.

김선우의 단단한 자아를 견딜 수 없다. 너무 단단해서 상처받을 줄 모르는 사람. 그는 부족함을 몰라서 부족한 것이 없다. 잘못을 몰라서 잘못한 것이 없다. 자기를 너무 사랑해서 나를 사랑하는 김선우. 내가 만약 김선우와 똑같은 짓을 했다면 그는 나를 이해했을까? 그런 걸 이해하는 사이를 사랑하는 사이라고 할 수 있나? '그 정도 일로 왜 그렇게 괴로워해?'라고 묻는 듯한 무구한 그 눈빛을 견딜 수 없다. 김선우는 말했다. 그 사람과는 네가 생각하는 것처럼 깊은 관계가 아니야. 그 사람에게 힘든 일이 있었고 내가 외면하지 못했어. 내 성격이 그렇잖아. 사람이 잠깐 실수할 수도 있지, 어떻게 늘 옳게만 살아. 우리가 20대 애들도 아니고 겨우 이런 일로 헤어지는 건 말이 안 되잖아. 우리 사이가 겨우 이 정도였어?

하, 쓰다 보니까 열 받네.

우리 사이는 겨우 그 정도였다.

네가 만약 아직도 김선우와 얽힌 관계라면 너는 불행한 거야. 불행한 사람.

남지하는 일주일 전에 사표를 썼다. 오늘 퇴근하면서 남지하는 말했다. 돈을 벌어야 살지만 돈만 벌면서 살 수는 없지 않나요? 선배, 여기는 정말 너무합니다.

나는 웃었다. 남지하는 웃지 않았다. 웃지 않는 연습을 해야 한다. 내일 남지하가 출근하지 않더라도 나는 전혀 놀라지 않을 것이다.

오늘 내가 퇴근할 때도 박수원은 회사에 있었다. 박수원은 오늘 회의실에서 쪽잠을 잘지도 모른다. 박수원은 하루에 10개 넘는 알약을 챙겨 먹는다. 그동안 나는 바보 같은 말만 했다. 아니요, 괜찮습니다. 네, 괜찮습니다. 그럼요, 괜찮을 겁니다. 박수원은 내게 동의를 구하면서 나를 무시한다. 박수원은 홍 이사에게 나처럼 말한다. 홍 이사는 웃는다. 뱅글뱅글 돌아가는 의자에 앉아서 뭘 다 아는 사람처럼 웃는다. 지난 회의 때 있었던 일은 평생 잊을 수 없을 것이다. 똥보다 지독한 모욕감. 박수원도 그때는 어딘가에 숨어서 울었을지 몰라. 나는 비상계단에서 울었다.

남지하는 현명하다. 박수원은 나의 미래다.

홍 이사가 박수원에게 하고 박수원이 나에게 하는 짓을 나는 남지하에게 했던가?

못된 것을 배웠다. 무례를 권력처럼 썼다. 내가 지금 힘드니까 너에게 너무해도 된다고.

길을 잃은 채로 너무 오래 살아서 길을 잃었다는 사실조차 잊은 사람.

이 회사를 나가도 괜찮다, 괜찮다, 괜찮다는 생각을 주문처럼 하고 있다. 길을 잃은 게 아니야. 길은 없는 거야. 먹고 사는 건 중요한 문제다. 남지하에게는 아직 기회가 있다. 젊으니까. 나도 늦지 않았다. 하지만 다들 늙은이 취급을 하고 있지. 삶이 길이라면 돌아갈 수 있나? 과거 어느 때로? 돌아가고 싶은가? 탈출하고 싶다. 어디로 달려도 현재에 갇혀 있을 뿐이다. 나로 계속 사는 건 지겹다. 일시 정지 버튼이 없다.

선배, 여기는 정말 너무합니다.

박수원은 나의 미래가 아니다.

누가 대신 살아 주지 않았다. 내가 살았다. 그런데도 어떻게 살아야 하는지 모르겠다. 과거는 꿈이 아니다. 나의 미래는 나. 어디로 가야 할지 모르겠고 모르겠다는 말은 지겹다. 이런 편지를 왜 쓰고 있는지도 모르겠고 모르겠다는 말은 정말 그만하자.

내가 여기서 잘 버티면 너는 그곳에서 평안할까. 네가 거기 잘 있다고 상상하면 이곳의 나는 조금 용기가 난다.

이 편지를 마치고 나는 김선우에게 분명한 메시지를 보낼 것이다. 비겁하고 이기적인 너를 다시는 만나고 싶지 않다고.

내일은 박수원에게 말할 것이다. 깔보지 말라고, 카톡 좀 그만 보내라고, 예의를 지키라고 말할 것이다. 새 직장을 알아볼 것이다.

내게 편지를 쓰면서 나를 괴롭게 하는 것에 관해서만 가득 썼다. 이것이 지금 내 상태를 말해 준다. 해결될 일이라면 걱정하지 말고 해결되지 않을 일이라면 걱정하지 말자. 훌륭한 사람이 되겠다고 생각한 적도 없지만 지금과 같은 나를 상상한 적도 없다. 과거가 아깝다. 살아갈 날보다 내가 분명히 살아온 지난날이 너무 아까워. 겨우 이렇게 되려고 그렇게.

아무도 내가 될 수 없고 나도 남이 될 수 없다. 내가 될 수 있는 건 나뿐이다. 자칫하면 나조차 될 수 없다.

미래의 내가 이 편지를 아주 우습게 여기기를 바랄 뿐이다.

÷

편지를 처음 봤을 때는 무슨 말인지 모르겠다는 생각뿐이었다. 지금도 무슨 말인지 알 수 없는 부분이 많지만 어쨌거나 좀…… 멋있는 척을 하고 싶은 멍청한 어른 같다. 답장으로 나의 '지름길론'을 적어서 보낼까 하는 생각이 잠깐 들었다.

밤 8시 조금 지나 이모가 왔다. 이모는 씻고 밥을 먹고 화장대 의자에 앉아 애인과 통화했다. 마침내 이모가 전화를 끊었다.

태니, 자야지. 11시 다 됐어.

이모가 이불을 펼치며 말했다.

나 애 아니야.

나는 서랍에서 편지를 꺼내며 대꾸했다.

누가 애래?

자는 시간은 내가 알아서 하겠다는 거야.

이모가 입술을 삐죽이며 웃긴다는 표정을 지었다. 나는 이모에게 편지를 내밀었다. 어른인 이모는 편지를 어떻게 이해할지 궁금했다.

이거 내 이름이 적혔는데 내 편지는 아닌 것 같아서.

잘못 온 편지네. 주소 봐. 서울 주소잖아.

근데 여기 내 이름이 있잖아.

봉투에서 편지를 꺼내 읽으며 이모는 종종 미간을 찡그렸다.

오늘 받은 거야?

아니, 벌써 한참 전에. 여기로 이사 오고 얼마 안돼서. 우편함에 꽂혀 있었어.

근데 왜 지금 말해?

뭐라고 대답해야 할지 몰라서 눈만 껌뻑였다.

이태희, 이상한 일 있으면 나한테 바로바로 얘기하라고 했잖아!

이모가 화를 내서 당황스러웠다. 협박 편지도

아니고 잘못 온 편지일 뿐인데. 이런 것까지 이모한테 말해야 하나?

길에서도 모르는 사람 절대 따라가지 말고. 너, 이모 전화번호 외우고 있지?

갑자기 왜 그래. 내가 유치원생이야?

빨리. 전화번호 대 봐.

그냥 편지를 받은 거야. 길에서 모르는 사람이 말을 건 게 아니라고. 이 편지 받고 아무 일도 없었어. 그럼 된 거잖아.

그래도 말했어야지. 너는 나한테 다 말해야 돼. 나는 너를 다 알고 있어야 한다고.

이모는 설마 나에 대해 다 안다고 생각하는 건가?

지금은 내가 거의 보호자니까.

이모를 보호자라고 생각해 본 적은 없지만 '보호'라는 말은 듣기 좋았다.

알았어. 앞으로는 다 말할게.

물론 진심은 아니다.

이리 와 봐. 누워 봐.

이불 위에 엎드려 누우며 이모가 옆자리를 손바

닥으로 툭툭 쳤다. 우리는 나란히 엎드린 채 편지를 읽었다. 나는 '카톡'이란 단어를 가리키며 이게 뭐냐고 물었다. 이모는 대답 없이 손톱으로 턱을 살살 긁다가 딴소리를 했다.

불행한 사람이야. 애인이 바람을 피운 것 같은데. 김선우란 새끼 정말 뻔뻔하네. 여기 봐, 회사에서도 울었대. 비상계단에서.

비상계단에서 혼자 우는 불행한 어른 이태희. 그런데 이모도 엊그제 울었다. 애인과 늦게까지 전화하다가. 이모는 울먹거리면서 말했다. 이 새끼야, 니가 어떻게 그런 말을 해. 이모의 통화를 들으면서 나는 자는 척하다가 진짜 잠들었다. 오늘 이모는 웃으면서 애인과 전화했다. 사랑한다고 말하면서 전화기에 대고 뽀뽀했다. 기분 좋을 때 이모는 애인을 '자기'라고 부른다. 화가 나면 '야, 박정국' '개자식' '이 새끼'라고 부른다. 이모는 거의 일주일에 한 번은 애인과 싸우고 금방 화해한다. 이모는 사랑하기 때문에 싸우는 거라고 말했다. 사랑하지 않으면 싸울 일도 없다고. 나는 그 말을 듣고 엄마와 아빠를 생각했다. 사랑에는 아무 말이나 갖다 붙여도 다 말이 된다고 어른들은 생각하는 것 같았다. 사랑해서 외롭다, 사랑해서 미치겠다, 사랑해서 불행하다, 사랑해서 헤어진다……. 아무튼 이모에게 편지를 보여 주길 잘했다. 나는 편지에서 멍청함만을 느꼈는데 이모는 불행을 느꼈으니까. 이모는 편지를 반복해서 읽었다.

근데 우리 회사에도 이런 사람 있어, 홍 이사 같은 사람.

이모는 옆으로 누워 내 머리를 쓰다듬으며 말했다. 잠깐 누웠을 뿐인데 잠이 쏟아졌다. 눈이 자꾸 감겼다. 이모의 목소리가 점점 멀어졌다.

이 사람은 이 편지를 다 쓰고 어떻게 했을까? 김선우에게 정말 헤어지자고 했을까?

그러지 않았을 거라고 대답하고 싶었다. 진짜 할 수 있었다면 진즉 했겠지. 편지에는 실제로는 차마 하지 못하는 말, 할 수 없는 말을 쓰는 거다. 편지에 쓰고 비밀에 부치고 만족하는 거다. 편지를 많이 주고받아 본 경험상 그렇다. 멍청한 어른 이태희는 다짐했던 일을 아무것도 못 했을 거다.

이 닦고 자라고 이모가 나를 흔들어 깨웠다. 닦

았다고 대답한 것 같은데도 계속 깨웠다. 책상 서랍을 잠그지 않은 게 떠올라서 억지로 눈을 떴다. 이모는 계속 편지를 들여다보고 있었다.

+

애칭으로 나를 부르는 사람은 이모뿐이다. 왜 '태니'인가 물어본 적이 있다. 천사에게 천사라는 이름을 지어 주고, 천사를 기다리다가, 천사가 사라진 다음이었다. 나는 '천사'라고 이름 지으면서 느꼈던 아주 선명한 확신을 기억했다.

태희보다는 태니가 귀엽잖아.

이렇게 대답했을 때 이모는 교복을 입고 있었다. 지금 이모는 신성산업에 다닌다. 할머니는 이모의 고등학교 담임이 발이 넓어서 이모가 취직할 수 있었다고 믿는다. 이모는 돈을 모아 전문대학에 갈 계획이지만 할머니는 돈을 모아 빨리 결혼을 하라고 한다. 할머니는 자꾸 선 자리를 알아오고 이모는 비밀 연애 중이다.

할머니는 종종 이모에게 이렇게 말한다.

네가 하긴 뭘 한다고.

그럼 이모는 비명에 가까운 소리를 지른다. 큰 싸움의 시작을 알리는 신호다. 할머니는 이모가 무언가를 하고 있거나 할 수 있는 사람이라고 생각하지 않는다. 그러면서도 처신 잘하고 다니라고 야단을 친다. 이모에게 축하할 만한 일이 생기면 할머니는 그걸 이모의 능력이라고 생각하는 대신 운이 좋거나 주변 사람이—콕 집어 말하자면 남자 어른이— 힘을 써 줬거나 어른들 말을 잘 들었기 때문이라고 믿는다. 이모가 운전면허를 따고 싶다고 했을 때도 할머니는 말했다.

네가 하긴 뭘 한다고.

하지만 이모는 뭘 한다. 잘하고 금방 한다. 취직해서 돈도 벌고 저축도 하고 외삼촌에게 용돈도 주고 운전면허증도 땄다. 이제 이모의 꿈은 차를 사는 것. 그 꿈을 듣고 할머니는 '건방지다'고 했다. 그때도 집에 난리가 났었다. 할머니는 시킬 일이 있으면 무조건 이모에게 시키면서도 이모를 무시한다. 이모에게 '네 언니처럼'이란 말도 자주 한다. 네 언니처럼 착실히 돈을 모아서, 네 언니처럼 얌전히 지내다가 제때 결혼을 해서, 네 언니처럼 엄마 말을 잘 들어야⋯⋯. '네 언니'는 나의 엄마다. 할머니는 무슨 일에서든 엄마의 잘못부터 찾아내면서 정작 이모한테는 '네 언니처럼' 해야 한다고 말한다. 할머니의 말은 정말 엉망진창이다.

그래서 언니가 지금 잘 살고 있다고? 엄마 눈에는 언니가 행복해 보여?

이모가 이렇게 물어보면 할머니는 행복 같은 건 중요한 게 아니라고, 사람의 도리가 중요한 거라고 대꾸한다. 이런 대화가 시작되면 나는 이모도 할머니도 미워서 집을 나간다. 계속 걸으면서 생각하고 또 생각한다. 머리가 터질 것 같으면 나뭇가지나 돌멩이를 주워 거기에 생각을 가둬 버린다. 그리고 외갓집 앞에 버린다. 점점 쌓여 가는 나의 생각 무덤.

검푸른 빛에 줄무늬가 있고 내 주먹보다 작은 돌멩이에는 다음과 같은 생각을 가뒀다.

'할머니 말은 틀렸다. 행복은 중요하다. 모두가 바라는 소중한 것이다. 엄마는 행복하지 않다. 나도 행복하지 않다. 우리는 행복하지 않아도 된다.'

길쭉해서 무기처럼 손에 쥐기 좋은 돌멩이에는 다음과 같은 생각을 가뒀다.

'행복과 상관없는 사람의 도리는 이상하다.'

굵고 짧고 거칠한 나뭇가지에는 이런 생각을 가뒀다.

'행복하다고 말하기는 정말 어렵다. 불행하다고 말하기는 정말 쉽다.'

우리 가족 중에서 가장 행복한 사람은 이모다. 할머니와 싸울 때조차 이모는 행복해 보인다. 이모는 할머니에게 소리를 지르는 유일한 자식이고 때로는 할머니를 이긴다. 승패가 확실하진 않지만 '이모가 이겼다'고 느껴질 때가 있다. 이를테면 할머니와 싸우고 이모가 외박할 때. 이모가 집을 나가면 할머니는 이모를 기다리며 거실에서 밤새 뒤척인다. 다음 날 이모는 화 같은 건 한 번도 내 본 적 없는 사람의 얼굴로 들어와서 할머니에게 태연히 말을 건다. 할머니가 화를 내거나 소리를 질러

도—이 망아지 같은 년, 머리를 빡빡 깎아 방에 가
둬 놔야 정신을 차리지!— 이모는 신경 쓰지 않는
다. 할머니가 퍼붓는 저주와 공포의 말은 행복으
로 무장한 이모에게 아무 충격도 주지 못한다. 그
럴 때 이모는 확실히 사랑받는 사람 같다. 이모의
'자기'이자 '정국'이자 '개자식'이자 '미경'에게.

'미경'은 이모와 나의 암호다. 이모가 할머니에
게 '미경이 만나러 간다'고 하거나 '미경이랑 놀다
가 들어갈게'라고 말하면 애인과 데이트를 한다는
뜻이다. 이모가 미경이를 만나느라 늦게 들어오는
날에는 나에게 임무가 있다.

1. 할머니가 잠들면 대문 살짝 열어 두기. 대문
이 잠겨 있으면 이모는 초인종을 누를 수밖에 없
고 할머니가 깰 것이다.

2. 할머니가 자다가 깰 경우를 대비해서 현관에
이모 구두 꺼내 놓기. 할머니는 현관에 신발이 여
러 켤레 늘어 있는 걸 싫어해서 신지 않는 신발은
꼭 신발장에 넣고 당장 신을 신발만 내놓으라고
한다. 신발이 없다면 신발 주인은 집에 없다는 뜻.

3. 이불과 베개를 사용해서 잠든 이모의 모양 만들기. 어떻게 만들면 그럴듯한지 이모가 상세하게 가르쳐 줬다.

4. 만약에 할머니가 자다 깨서 '이모는 어디에 있느냐'고 묻는다면 '미경이 이모가 크게 다쳤다는 전화를 받고 방금 나갔다'고 대답하기.

나는 이모의 데이트를 좋아한다. 왜냐면 방에 오래도록 혼자 있을 수 있으니까. 이모가 데이트하느라 늦게 들어오는 날에는 작정하고 오래오래 일기를 쓴다. 몰래 커피도 타 마신다. 이모의 화장품을 발라 보고 이모의 옷을 꺼내 입기도 한다. 이모가 없을 때만 할 수 있는 다양한 일을 맘껏 하다가 지쳐 잠들 때까지 이모는 들어오지 않는다.

오늘 이모는 할머니에게 '미경이 만났다가 들어갈게'라고 말했다. 할머니는 보통 때처럼 일일 드라마를 보다가 잠들었다. 나는 텔레비전을 끄고 대문을 살짝 열어 놨다. 이모의 구두도 꺼내 놨다. 일기를 쓰면서 감정이 잔뜩 풍부해졌다. 이모의 립스틱을 바르고 이모의 목걸이를 걸고 이모의 블라우스를 입고 음악에 맞춰 춤을 추며 방 안을 지그재그로 걸었다. 그런데 갑자기 문이 열렸다. 눈이 퉁퉁 부운 이모가 크게 배신당한 표정으로 나를 쳐다보고 있었다. 세상이 잠깐 멈춘 것만 같았다. 벽에 걸린 시계를 쳐다봤다. 시침이 숫자 10을 가리키고 있었다. 미경이를 만난다면서 왜 이렇게 일찍 들어온 거지?

문을 닫고 들어온 이모는 울면서 화장대 의자에 앉았다. 화장대에는 내가 뚜껑을 열어 놓은 립스틱과 아이새도가 어질러져 있었다. 미니 오디오에서는 계속 음악이 흘러나왔다. 나는 조심스럽게 이모의 블라우스를 벗고 잠옷으로 갈아입었다. 이런 장면을 이모가 아니라 엄마에게 들켰다면 지금보다는 덜 창피했을까 생각하다가 나는 얼어붙었다. 이모가 립스틱을 바닥에 던졌기 때문에. 립스틱은 바닥을 때리고 튀어 올랐다가 몸부림치듯 굴렀다. 이모는 아이새도도 던졌다. 반짝거리는 예쁜 색깔이 여러 조각으로 깨졌다. 이모는 매니큐어도 던졌다. 그리고 스킨 병을 집어 들었다. 나는 귀를 막았다. 이모는 스킨 병을 꼭 쥔 채 입술을 깨

물었다. 이모는 스킨 병을 던지는 대신 나를 쳐다보며 말을 하기 시작했다. 귀를 가렸던 손바닥을 천천히 떼어 냈다.

누가 내 물건 맘대로 만지랬어. 나 없을 때마다 이러고 놀았어? 내 화장품 바르고 내 옷 입고? 내 서랍도 뒤졌어? 남의 걸 왜 뒤져? 너도 내가 만만해? 우스워? 막 해도 된다고 생각하는 거야? 어떻게 그래? 나는 너 때문에 방도 혼자 못 쓰고 자유도 뺏겼는데 너는 아주 신났구나? 아무리 철이 없어도 이건 아니지. 너도 눈치란 게 있을 거 아니야. 저 립스틱 얼마짜리인 줄 알아? 나도 아까워서 그 개자식 만나는 날에만 아껴 발랐다고. 눈 화장까지 했어? 미쳤구나. 아무리 천지분간 못 하는 어린애라도 그렇지. 너 진짜 유치해. 진짜 웃겨. 진짜 한심해 보여. 너네 엄마 아빠도 웃겨. 세상에서 제일 이기적인 사람들이라고. 자기들 사정만 중요하고 달랑 하나 있는 자식도 제대로 건사 못 하는 주제에…….

말하면서 이모는 서서히 울음을 그쳤다. 나는 목구멍에 집중했다. 나는 이모를 보지 않고 바닥을 봤다. 이모가 상당히 아낀다는 립스틱은 끝이 부러진 채 뭉개졌고 아이섀도는 깨져서 여기저기 흩어져 있었다. 당장 내일부터 돈을 벌어야지. 그래서 이모의 화장품을 물어 주고 훨씬 더 비싼 옷과 핸드백을 사 줘야지. 그리고 이 집을 탈출해야지. 엄마 집에 내가 들어갈 공간이 있을까? 엄마 집도 남의 집인가? 엄마 물건도 남의 물건? 어쨌든 이 집을 떠날 거야. 거지가 되더라도 돌아오지 않을 거야. 엄마에게도 가지 않을 거야. 나는 영영 사라질 거야. 아무도 나를 찾을 수 없게 할 거야.

이모는 다시 울기 시작했다. 손바닥으로 얼굴을 세게 비비면서, '내가 너 때문에 진짜 미치겠다'는 말을 반복하면서, 끅끅 소리를 내며 울음을 참는 듯 울었다. 울지 않기 위해서 나는 '세계 탄생의 비밀'을 떠올렸다. 예전에 지금처럼 죽고 싶을 만큼 비참했던 때 했던 상상. 이 세계의 중심에는 지옥이 있다. 세계는 씨앗처럼 지옥을 품고 있으며 그 씨앗에서 세계는 탄생했다. 아기가 태어나자마자 우는 건, 잠에서 깰 때마다 우는 건 지옥을 기억하기 때문이다. 아기가 말을 못 하는 것도 지옥을 기억하기 때문이다. 지옥의 비밀을 발설하면 안 되니까. 멍청한 어른들은 지옥을 기억하지도 못하면서 천국이니 지옥이니, 엄마 아빠 말을 잘 들으면 산타 할아버지가 어쩌고저쩌고, 웃기지도 않은 거짓말을 한다. 자기들이 지옥에서 와 지옥으로 돌아갈 줄도 모르고. 아기들이 지옥을 더 잘 안다는 것도 모르고.

이모가 벌떡 일어나 미니 오디오의 정지 버튼을 신경질적으로 눌렀다. 휴지에 코를 풀고 눈물을 닦았다. 정신을 차리려는 듯 손바닥으로 볼을 여러 번 때리면서 큰 숨을 쉬었다. 나도 이모처럼 숨을 쉬고 싶었다. 볼을 때리면서 정신을 차리고 싶었다. 하지만 이모가 거기 있어서 아무것도 할 수 없었다. 이모는 연기를 끝낸 배우처럼 천천히 옷을 갈아입고 머리를 묶고 방을 나갔다.

나는 책상 서랍을 등지고 앉았다.

나도 내가 한심해서 미칠 것 같았다. 화장품을 바르고 어른 흉내를 내다니. 기분이 좋아 춤을 추고 노래를 하다니. 내가 지금 그럴 상황인가? 엄마 아빠는 어디 사는지도 모르고 외갓집에 얹혀사

는 주제에. 한심하다, 정말 한심해. 서랍 속 이상한
편지가 멍청한 나를 물끄러미 바라보고 있는 것만
같았다. 그 편지에 이런 문장이 있었지. '할 수 있
는 것이라곤 이별뿐이어서 분해.'

　책가방에 노란 봉투를 통째로 넣었다. 속옷과
양말도 넣었다. 티셔츠와 바지와 외투를 입었다.
현관으로 나가 신발을 신었다. 대문을 열고 골목
에 섰다. 대문 옆에 쌓아 둔 생각 무덤을 발로 찼
다.

　골목을 벗어나기도 전에 대문 열리는 소리가 들
렸다. 뒤돌아보지 않았다. 이모가 내 이름을 불렀
다. 바삐 걷는 소리. 나도 빠르게 걸었다. 달리는
소리. 나도 달렸다. 작년 체력장 때 나는 100미터
를 26초에 뛰었다. 체육 선생님은 전교에서 제일
느린 기록이라고 말하면서 혀를 찼다. 선생님은
내가 일부러 늦게 달렸다고 생각하는 것 같았다.
하지만 그게 나의 전속력이었다. 이모가 내 책가
방을 잡았다. 팔을 크게 휘저어 이모의 손을 뿌리
쳤다. 이모가 미안하다고 했다. 그런 말이나 듣자
고 집을 나온 게 아니다. 나는 정말 멀리멀리 갈 것

이다. 어디로 가야 할지는 몰라도 여기에 계속 있을 수 없다는 것만은 확실히 알았으니까. 이모가 다시 나를 잡았다. 나는 더러운 것이 묻은 것처럼 몸부림쳤다. 이모가 휘청거리면서 넘어졌다. 내 다리를 부둥켜안고 울면서 '내가 미쳤나 봐'란 말을 반복했다. 나한테 화낼 때는 '미치겠다'고 하더니. 나는 누군가를 미치게 하는 사람인가? 그래서 엄마 아빠도 떨어져 사는 건가? 나 때문에 미칠 것 같아서? 이모는 바닥에 주저앉은 채로 나를 놔주지 않았다.

거기 미선이냐? 거기 태희야?

할머니가 우리를 부르며 휘적휘적 다가왔다. 할머니 목소리를 듣자마자 이모는 일어서서 옷을 털고 내 손을 잡았다. 나는 잔뜩 힘을 줘서 손을 뺐다. 이모는 팔짱 끼듯 내 왼쪽 팔을 잡았다. 그건 어떤 신호 같았다. 나를 잡으려는 게 아니라 내게 기대려는 것 같았다. 이 밤중에 뭐 하는 거냐고, 방은 왜 그 모양이냐고, 네가 뭘 어떻게 했기에 애가 잠을 안 자고 이 밤중에, 가방까지 짊어지고 이 밤중에…… 할머니 목소리가 점점 커졌다. 이모도 울었는데, 얼굴만 봐도 이모가 훨씬 더 많이 울었다는 걸 알 텐데, 할머니는 이모의 상태는 신경 쓰지 않고 야단부터 치려고 했다. 이모는 잠옷에 슬리퍼 차림이었다. 추워서인지 너무 울어 진이 빠져서인지, 이모는 내 팔을 잡고서 오들오들 떨었다. 이모와 둘뿐이라면 이모와 싸울 수 있다. 하지만 할머니와 같이 있으니 이모 편을 들 수밖에 없다.

그게, 내가, 태희한테…….

이모가 어렵게 입을 열었다.

엄마 보고 싶어서.

그냥 그런 말이 튀어나왔다.

엄마한테 가려고.

이모가 화를 낸 이유를 설명하려면 내가 이모 물건을 함부로 만진 것도 말해야 할 텐데, 할머니까지 그 사실을 아는 건 싫다. 할머니가 알아서 엄마까지 알게 되는 건 더 싫다.

하이고, 엄마한테 가겠다고? 지금? 엄마가 어디 있는 줄 알고?

기가 막힌다는 말투로 할머니가 물었다.

그러니까. 왜 나만 몰라? 할머니도 이모도 아는

데 왜 나만 몰라?

나도 모르게 울먹거렸다. 그러게, 왜 나만 모르지? 뒤늦은 깨달음이 서러웠다. 할머니가 혀를 찼다. 어린 게 잘 지내는 줄 알았는데 그도 아니었던 거지, 딴에는 뿔이 났던 거지, 중얼거리면서 내 가방을 벗겨 들고 대문 쪽으로 걸어갔다. 이모는 놀란 표정으로 나를 쳐다봤다. 슬리퍼만 신은 이모의 맨발이 추워 보였다. 너무 울어서 입술까지 부어버린 이모의 얼굴 때문에 속상했다. 뭐, 나라도 싫었을 거야. 이모가 나 없을 때 마음대로 내 서랍을 뒤지고 내 물건을 만졌다면 나도 화가 났을 거야. 그래도 이모처럼 화를 내진 않았을 거야. 참았을 거야. 왜냐면 나는 이모 방에 얹혀살고 있으니까.

뭐 해. 어서 데리고 들어와.

할머니가 반쯤 돌아서서 말했다. 나는 집을 향해 걸었다. 이모는 슬리퍼를 끌며 겨우 걸었다.

세수를 하고 들어선 방은 말끔했다. 이모는 이불을 펼치고 있었다.

자자.

이모가 불을 끄며 말했다. 우리는 서로에게 등을 돌리고 누웠다.

미안해.

말하면서 이모는 울먹거렸다. 나는 이불을 머리까지 뒤집어썼다. 이모가 할머니를 이긴 것 같을 때가 있다는 말은 취소. 이모는 싸울 줄 모르는 사람이다.

눈을 떠 보니 창밖이 환했다. 이모가 잠들 때까지 기다렸다가 실패 없이 집을 나가겠다고 다짐했는데 아침이 되어 버렸다. 집을 나가기에는 아침이 가장 알맞지 않나? 대충 세수를 하고 머리를 빗고 책가방을 멨다. 할머니는 늘 싱크대 위에 도시락을 뒀다. 도시락을 가져갈까 말까 고민하다가 일단 들었다. 방에서 이모 목소리가 들렸다.

태니, 아침 먹고 가야지.

자기 맘대로 나를 태니라고 부르고. 태니가 뭐야. 세상에서 제일 유치해. 중얼거리면서 바로 집을 나섰다. 기차역으로 가야 한다고 생각하면서도 학교 가는 방향으로 걸었다. 집에 있을 때는 가출해야만 한다는 생각이 아주 강했는데 막상 집을 나오니 그 열망이 희미해졌다.

점심시간에 교무실 옆 공중전화에서 엄마에게 전화를 걸었다. 예상대로 신호음만 계속 울렸다. 엄마에게 전화를 했다는 사실만으로도 이미 진 것 같았다.

수업 끝나고 미지와 행복마트까지 걸었다.

가출하고 싶어.

불쑥 말했다.

나도.

거의 반사적인 대답이었다. 나도 반사적으로 물었다.

나랑 할래?

미지는 잠시 생각하다가 물었다.

넌 이유가 뭔데?

그냥. 짜증 나니까.

그 정도로는 부족해.

미지는 가출 전문가처럼 말했다.

그런 이유로는 하루도 못 버텨. 잘 곳 없고 배고픈 건 더 짜증 나거든.

너 가출해 본 적 있어?

미지는 조금 망설이다가 대답했다.

정식 가출은 아니지만…… 아무튼 짐 싸서 며칠 나갔던 적은 있지.

진짜? 언제?

저번 여름방학 때.

근데 왜 나는 몰랐어?

내가 얘길 안 했으니까.

왜 얘기 안 했는데?

쪽팔리니까. 실은 초등학교 다닐 때도 몇 번 했어.

뭐야, 진짜야?

미지는 천천히 고개를 끄덕였다.

왜 했는데?

……짜증 나니까.

우리는 아주 무기력하게 걸었다. 내 얘기를 하고 싶고 미지 얘기를 듣고 싶었으나 무슨 얘기를 어디서부터 어떻게 꺼내야 하는지 알 수 없었다.

하려면 진짜로 해야 해.

행복마트 앞에서 헤어지기 전에 미지가 말했다.

진짜로?

갈 곳이 아예 없어야 해. 진짜 가출하려면.

미지의 말은 약간 어려웠지만 무슨 뜻인지 알 것도 같았다. 외갓집에서 나간다면 엄마의 집을 찾아가리라고 막연하게 생각했지. 어찌어찌 엄마의 집을 찾는다고 치자. 엄마는 나를 다시 외갓집으로 보내지 않을까? 만약 엄마와 같이 살게 된다고 해도 그건 진정한 가출이 아니다.

돌아갈 집이 없어야 해. 집을 완전히 폭파시키고 나가야 해. 그래야 성공할 수 있어.

미지는 가출 전문가다운 말을 남기고 학원으로 갔다. 나는 버스 정류장에 서서 오고 가는 버스를 보며 미지의 말을 곱씹었다. 외갓집을 없애고 싶은 건 아니다. 미웠을 뿐이다. 외갓집에서 내 존재를 지우고 싶었다. 지우는 방식으로 선명해지고 싶었다.

가출 의욕은 거의 사라졌으나 바로 집으로 가기는 싫었다. 이모는 어제 확실하게 도장을 찍었다. 거긴 이모 방이라고. 내가 이모의 자유를 뺏었다고. 싸울 줄 모르는 사람이 주는 상처는 훨씬 아프다.

걸어온 길을 되짚어 걷다가 도서관으로 방향을 틀었다. 도서관 정문으로 들어서자 낡고 작은 2층 건물이 보였다. 그동안 도서관 옆을 지나가긴 했어도 정문 너머까지 들어오긴 처음이었다. 1층에는 화장실과 휴게실이, 2층에는 열람실이 있었다. 열람실의 넓은 책상에 사람들이 드문드문 앉아서 책을 보거나 공부하고 있었다. 교복을 입은 학생은 한 명도 없었다. 넓은 창 너머로 높은 산과 반짝이는 강이 보였다. 하늘은 파랗고 건물은 고요했다.

나는 왜 여기에 있지.

외갓집으로 이사 오고 중학생이 된 다음부터 종종 하는 질문. 어떤 그림에서 나란 사람을 오려 낸 다음 바람이 부는 대로 날려 가도록 내버려 둔 것 같았다. 난데없는 곳에 뚝 떨어진 나는 기억을 잃은 사람처럼 두리번거리며 여기가 어디지, 난 왜 여기 있지, 원래 난 어디에 있었더라, 당황하는 것이다. 나는 늘 어딘가로 가는 도중 같았고, 어디에도 나만의 자리는 없는 것 같았다. 대체로 내가 굉장히 쓸모없다거나 사람과 분위기에 섞이지 못한다고 느껴지면 내 주위로 그물이 쳐지듯 그런 생각이 내려왔다.

　가장 구석진 자리에 앉았다. 주변에 사람은 없었고 햇살은 책상 위 싸라기눈 같은 먼지를 비추고 있었다. 공기는 차고 의자는 딱딱했다. 그곳이, 지금까지 머물렀던 어떤 자리보다 내게 가장 알맞은 자리 같았다. 두 팔로 가방을 안은 채로 가방 안에 들어 있는 것을 떠올렸다. 어젯밤 챙겨 넣고 오늘 아침에도 빼지 않았던 속옷과 양말, 노란 봉투 속의 편지와 일기장, 천사의 장난감. 그런 것만이 진짜 내 것이었다. 어디로든 가져갈 수 있는 나만의 것. 아니, 양말이나 속옷 같은 건 돈만 있으면 살 수 있으니까 오직 나만의 것은 아니지. 내 것이라 부를 수 있는 건 노란 봉투 속의 일기장과 편지뿐이다. 먹을 수도 입을 수도 없고 다른 물건과 바꿀 가치도 없는…… 쓰레기. 하지만 양말이나 옷처럼 돈을 주고 살 수 있는 것으로는 나를 설명할 수 없다. 일기장과 편지에는 정확히 나의 이름이 있고 누군가가 생각하는 나와 내가 생각하는 내가 있다. 남들에겐 종이 쓰레기에 불과한 그런 것들만이 제대로 나를 설명해 준다. 천사의 장난감도 마찬가지. 중학생 가방에서 신생아 장난감이 나오면 다들 이상하게 생각하겠지. 남들이 보기에는 이상하거나 쓸모없는 것이 내겐 가장 소중한 것. 그런 것에는 나의 슬픔이 묻어 있다.

가방을 열고 노란 봉투에 손을 넣어 천사의 장난감을 찾아 쥐었다. 부드럽고 차가운 그것을 매만지며 어릴 때를 떠올리려고 애썼다. 기억은 거의 사라졌고 마음은 예전처럼 애틋하지 않았다. 그럼에도 장난감을 간직하는 이유는…… 버릴 수 없기 때문에. 그렇게 생각하자 장난감에 지저분한 슬픔을 묻히는 것만 같고 내가 더 싫어졌다. 만약에 내가 사라진다면 결국 이렇게 될 것이다. 사람들은 나를 찾고 슬퍼하겠지. 그리워하겠지. 시간이 흐를수록 드문드문 생각하겠지. 오랜 세월이 지난 후에는 어떤 물건을 봐야 간신히 나를 떠올릴 테고, 언젠가는 그런 기억마저 사라질 것이다. 내가 만약 천사의 장난감을 간직하지 않았다면 나도 천사를 완전히 잊었을지도 모른다. 그렇다면 버릴 수 없어서 다행이다. 버릴 수 없다는 마음은 중요하다. 버릴 수 없는 것들을 더 많이 떠올리고 싶었다.

하지만 아무리 생각해도 더는 떠오르지 않았고…… 가출이나 하겠다고 마음먹은 내가 우스웠다. 엄마가 보고 싶다고 말한 어젯밤의 나를 지우개로 박박 지우고 싶었다. 엄마가 보고 싶은 사람이 아니라 엄마가 필요 없는 사람이고 싶었다. 마음대로 어디로든 갈 수 있는, 집을 나갈 필요도 없고 누군가의 허락을 구하지 않아도 되는 어른이고 싶었다. 하지만 이모도 어른이잖아. 어른인데도 할머니 눈치를 보고 데이트할 때마다 거짓말을 지어내잖아. 생각이 점점 팽창해서 뇌가 간지러운 느낌이었다.

가방에서 연습장과 필통을 꺼냈다. 써야겠다고 생각했다. 돌멩이에 생각을 가두어서 버리듯 종이에 써서 버려야겠다고. 연습장을 펼쳐 방금 떠오른 생각을 적었다.

어른은 마음대로 하는 사람은 아니다.

문장을 빤히 보다가 고쳐 썼다.

~~어른은 마음대로 하는 사람은 아니다.~~
어른이라고 다 마음대로 하지는 않는다.

자연스럽게 다음 문장이 떠올랐다.

이모가 마음대로 할 수 있는 건 연애뿐이다. 비밀이니까. 어떤 비밀은 행복한 것.

어젯밤의 일이 선명하게 떠올랐다. 서서히 나아가던 생각에 갑자기 속도가 붙었다. 나는 급하게 문장을 썼다.

이모는 울면서 문을 열었다. 이모는 언제부터 울었나?
이모는 개자식 정국이와 싸운 게 분명하다. 이모는 '너 때문에 미치겠다'고 말했다.
너는 내가 아닐 수도 있다.

볼펜 끝을 야금야금 씹으며 생각을 정리했다. 이모는 예전에도 정국이와 전화를 하다가 울었잖

아. 근데 그때와 어제는 많이 다르지 않았나? 이모는 어제 뭔가를 완전히 잃어버린 사람처럼 울었다. 눈 코 입이 퉁퉁 붓도록 울던 이모의 얼굴을 떠올리자 심장이 약간 찌릿했다. 자기가 아끼던 립스틱을 깨뜨리며 우는 것밖에 할 수 없다면…….
또 다른 문장이 번개처럼 떠올랐다.

정국이는 이모를 배신했다. 바람을 피웠다.
이모는 정국이와 헤어졌다.

그리고 생각은 전혀 다른 방향으로 달려갔다. 나는 나의 생각이 놀라워서 그것을 보이는 글자로 적어도 되나 잠깐 망설였다.

엄마와 아빠는 배신했다. 바람을 피웠다.
엄마와 아빠는 혼자가 아니다.

여태 '엄마와 아빠는 어디에 있는가'에만 집중했던 내가 바보 같았다. 정국이와 사랑할 때 이모는 내가 아는 사람 중에 가장 행복해 보였다. 나는 어째서 엄마와 아빠가 행복하지 않을 거라고 단정했지? 엄마와 아빠가 행복하다면 더 이해할 수 없을 것 같아서? 나는 정말 이해하고 싶었다. 누구라도 내게 설명해 주길 바랐다. 하지만 어른들은 내가 어떻게 하면 되는지만 말했다. 내게 질문할 기회조차 주지 않고 각자의 갈 곳으로 떠나 버렸다. 그리고 나는 자꾸만 생각하는 것이다. 여기는 어디지. 나는 왜 여기에 있지. 어디로 가고 있는 거지. 재작년 여름에는 다리가 너무 아팠다. 앉아도 누워도 아팠다. 키가 크느라고, 뼈와 근육이 자라느라 아픈 거라고 할머니는 말했다. 머리가 아플 때도, 감기에 걸렸을 때도, 배앓이로 고생할 때도 할머니는 이렇게 말했다. '몸이 싸우는 거다' '몸이 자라는 거다' 내 몸은 멋대로 자라면서 나를 아프게 하고 어른들은 나의 모든 통증을 '크느라 그런다'는 한마디로 덮어 버렸다. 할머니는 할머니의 모든 통증을 '늙어서 그렇다'고 설명했다. 몸은 자라고 늙는다. 통증을 느낀다. 정신은 몸인가? 영혼은? 은이는 유령도 영혼도 믿지 않았다. 죽으면 완전히 끝이라고 했다. 그래서 은이와 기분이 상할 만큼 싸운 적이 있다. 갑자기 '넋'이라는 단어가 떠올랐다. 열람실의 국어사전에서 그 뜻을 찾아봤다. '몸'과 '정신'과 '비물질'과 '초자연'도 찾아봤다. 연달아 '마음'도 찾아봤다. 안다고 생각했던 단어들이 어둠 속으로 소용돌이치며 빨려 들어가 분쇄되는 것만 같았다.

사전에 정의된 '마음'은 내가 생각하던 의미와 비슷했지만 아주 같지는 않았다. 사람들은 '마음'이 무슨 뜻인지 알고 쓰는 걸까? 우리는 서로 다른 '마음'을 같은 글자로 쓰는 거지. 각자 다른 의미를 최대한 가까이 이어 보려고 계속 쓰고 말하는 거지. 그런데 어른들은 때로 내게 그 정도의 노력조차 기울이지 않는다. 나를 '몰라도 되는 존재'로 치워 버린다. 볼펜 끝을 씹으며 내가 쓴 문장을 천천히 읽었다.

엄마와 아빠는 배신했다. 바람을 피웠다.
엄마와 아빠는 혼자가 아니다.

세 문장 중 내가 몰라도 되는 건 없다. 나는 내

게 경고해야 한다고 생각했다. 아무도 말하지 않는 진실을 알아내야 한다고. 진짜로 써서 버릴 수 있는 건 바로 그런 것들이라고.

연습장을 넘겨 백지를 마주했다. 내가 할 수 있는 최선의 나쁜 생각을 차례대로 적었다.

나는 왜 태어났을까. 일찌감치 죽었으면 좋았을 거다. 죽음이 뭔지도 몰랐을 때.

산 사람은 죽은 사람을 안타까워하지. 죽은 사람은 아직도 살아 있는 사람을 안타까워할 거다.

아픔이 뭔지도 모르는 천사는 엄마를 아프게 하고 죽었다.

천사가 죽었을 때는 그렇게 슬퍼했으면서 살아 있는 나를 버렸다.

영혼에게 공간은 필요 없다. 천사는 그렇게 태어났다. 훨씬 넓은 세상에서 태어났다. 우리는 겨우 인간인 주제에 슬프다고 울었다.

내가 있는데 왜 그렇게 불행하냐고 말하고 싶었다. 엄마의 어두운 방에서 나는 나의 빛을 뿜내고 싶었다.

하지만 나도 엄마가 있었지만 불행했다.

불행하다고 말하면 불행하지 않다는 걸 알 수 있다.

나는 불행하지도 않다.

불행은 불쌍하다. 행복은 잔인하다. 당신들의 행복을 위해서 태어나지 않았어.

엄마 아빠는 젊은 사람들. 젊은 사람이 늙은 사람에게 어린 사람을 떠넘겼다.

내가 태어나자마자 어른이었다면 엄마와 아빠를 먼저 버렸을 것이다.

엄마 아빠가 죽으면 좋겠다고 생각했었다. 완벽하게 혼자인 사람으로서 나는 누구에게나 잔인해지고 싶었다.

내가 왜 딸자식이 낳은 딸까지 거둬야 하느냐고 할머니는 말했다. 나는 오늘도 할머니의 밥을 먹었다. 내가 손녀이기 때문에 할머니는 내게 바라는 것이 없다.

외삼촌은 할머니를 무시한다. 할머니는 멍청하다. 그런데 할머니는 나를 거뒀다. 할머니는 멍청하다.

이모는 사랑한다고 말하는 자기를 사랑한다. 이모는 행복해서 유치한 사람.

한수가 나쁜 년 차라리 죽어 버리면 좋겠다고 말했을 때 나는 행복했다. 나는 내가 뭐라도 된 줄 알았고 최소한 나쁜 년은 된 거니까.

간직하고 싶은 기억 같은 건 없다. 나는 없는 것 같은데 없어지지도 않고.

나는 진짜 울어 본 적이 없다. 우는 나는 우습다.

내가 아무것도 모를 거라고 생각하겠지. 나는 서로 모르는 것과 서로 잊은 것을 기억한다. 오직 나만 우리를 망칠 수 있다.

나는 천사는 될 수 없다. 나는 악마는 될 수 있다.

모두 나를 견딘다.

태어나고 싶어서 태어나지 않았다.

진실이라 생각되는 것을 쓰고 나자 시시해졌다. 펼쳐진 진실은 진실이 아니다. 나는 방금 모든 가능성을 닫아 버리는 세계를 경험했다. 이제 더는 좋게 생각하려고 애쓸 필요가 없다. 예전처럼 틈새의 빛에 마음을 쏟지는 않을 것이다.

버리려고 썼지만 종이를 구겨 도서관 쓰레기통에 처넣을 수는 없었다. 누구라도 내가 쓴 것을 보게 된다면 나는 정말 죽고 싶을 것이다. 독극물이 든 유리병을 다루듯 연습장을 조심스럽게 가방에 넣었다.

도서관을 나서자 벌겋게 달아오른 하늘이 보였다. 운동장을 전속력으로 달리고 나면 얼굴이 그렇게 달아올랐다. 전속력으로 달린 기분이었다. 거친 숨을 몰아쉬듯 바람이 불었다. 나는 천천히 걸었다. 책가방에 들어 있는 단 한 장의 종이 무게가 생생하게 느껴졌다. 내가 쓴 문장이 종이에서 탈출하려고 꿈틀꿈틀 움직이는 것만 같았다.

해가 완전히 졌을 즈음 외갓집에 도착했다. 현관문을 열자 김치찌개 냄새가 났다. 할머니는 빨래를 개키고 있었다. 나는 방으로 들어가 의자에 책가방을 내려놓았다. 연습장 속 문장이 튀어나와 할머니에게 돌진할 것만 같았다. 이모에게, 엄마 아빠에게, 모두에게 달려들 것만 같았다. 그들이 나를 버리기에 아주 좋은 이유가 연습장에 적혀 있다. 커다란 잘못을 들키기 직전처럼 가슴이 두근거리고 얼굴이 뜨거웠다. 연습장을 꺼내 도서관에서 쓴 부분을 찢어 냈다. 그것을 반으로 접고 다시 반으로 접었다. 접은 종이를 감추기 위해 방을 둘러봤다. 어느 곳에 감춰도 소용없을 것 같았다. 종이를 편지 봉투에 넣었다. 풀을 발라 봉투를 밀봉했다. 받는 사람을 적는 곳에 서울의 이태희 주소를 적었다. 내가 이태희의 문장을 이해하지 못했듯 이태희도 나의 문장을 이해하지 못할 것이다. 편지가 반송된다면, 반송되는 그때에는, 이 편지는 내가 쓴 편지가 아닐 것이다. 서울의 이태희가 쓴 편지일 것이다.

집을 나와 달렸다. 멈추면 망설이게 될까 봐 쉬지 않고 달렸다. 문구사 옆 우체통에 편지를 넣었다. 퉁, 소리가 울렸다.

버렸다.

나는 썼고 버렸다. 나는 아무 말도 하지 않았지만 전부 말했다. 이제 더는 말할 필요가 없다. 그럼 된 거다. 우리는 서로에게 버린 거다.

—

받는 사람의 주소를 쓰면서 잠깐 망설였다. 1년 후에도 지금 사는 집에 살고 있을까. 이사할 곳을 어서 알아봐야 하는데. 올해 계약이 만료되기 전 집주인은 전세금을 올리는 대신 월세를 달라고 했다. 마음의 결정을 내리지 못하고 대답을 미루다가 계약 만료일이 다가왔다. 집주인은 새로 작성한 계약서를 내밀었고 나는 적금 하나를 해지했다. 당장 이사할 곳이 없으니 당분간만 이렇게 살자 생각했지만 스트레스가 쌓이고 불안과 짜증이 치솟는 날이면 나는 왜 이렇게 게으르고 어리석은가 자책에 빠졌다. 남들처럼 신속하고 똑똑하게 일을 처리하지 못하는 내가 한심했다. 10년 후, 20년 후를 걱정하면 당장 불행했고 더 나은 삶은 헛된 꿈 같았다. 최악은, 걱정이 커질수록 의욕은 더욱 생기지 않는다는 것. 다른 집을 구해 보려고 행동하지 않았고 새로운 일을 배우려고 시도하지 않았고 다른 직장을 알아보는 수고조차 하지 않았다. 불안이 밀려오면 눈앞의 일에 집중했다. 회사에 잔뜩 쌓여 있는 일. 회의하고 자료를 찾고 재촉을 받고 자료를 정리하고 기획서를 쓰고 비아냥을 듣고 여기저기 연락하고 시안을 만들고 뉴스 레터를 작성하고 크게 깨지고 다시 회의를 하고 시장조사를 하고…… 그게 나의 최선이자 최악이었다. 비난받지 않기 위해 쫓기듯 일하면서 내가 나를 제일 먼저 비난하는 삶.

편지를 우체통에 넣고 카페를 나왔다.

목도리를 코 아래까지 두르고 길을 걸으며 애초에 카페에서 하자고 결심했던 일은 아무것도 하지 않았음을 곱씹었다. 모든 일을 1년 뒤로 미룬 것도 같았고, 편지를 쓰고 그것을 우체통에 버리는 행위로 결심에 매듭을 지은 것도 같았다.

시험 시간은 끝나 가는데 문제를 절반도 풀지 못해서 초조해하는 꿈을 꾸었다. 새벽에 잠에서 깨어 오랫동안 뒤척였다. 늦잠을 잤고 지각을 했다. 점심 시간에 사람들이 모두 나가길 기다렸다가 사직서 파일을 열었다. 사직 사유를 쓰는 곳에 '일신상의 이유로……'까지 썼다가 지우고 한달음에 많은 문장을 썼다. 사직서를 출력해서 박수원의 책상에 올려 두었다.

퇴근할 무렵 박수원이 나를 자기 자리로 불러 문제가 뭐냐고 물었다. 나는 남지하가 했던 말을 떠올렸고 대답하지 않았다. 다른 계획이 있는 거냐고 박수원이 물었다. 나는 대답하지 않았다. 예상했던 말들이 박수원의 입에서 흘러나왔다. 내 나이와 경력으로는 더 나은 직장을 구할 수 없을 거란 저주, 책임감과 직업의식에 대한 연설, 남의 돈 받고 일하는 곳은 다 거기서 거기라는 말…….
박수원의 말을 들으며 생각했다. 어딜 가나 비슷

하다면 꼭 이곳이어야 할 이유도 없겠지. 다음 행보를 확실히 정한 다음 지금 하는 일을 그만둬야 한다고 사람들은 말하지만, 나도 그렇게 생각했지만, 어제 편지를 쓰면서 나는 나를 조금 더 알아버렸다. 회사에는 매일 해야 할 일이 쌓여 있고 생각할 시간은 없다. 월급을 받고 통장의 돈이 빠져나가는 걸 보면 나의 의지는 사라질 것이다. 어디에도 가지 않으면서 어딜 가나 비슷하다고 생각할 것이다. 박수원의 방식에 치를 떨면서 박수원을 닮아 갈 것이다. 나는 최악의 상황을 상상했다. 다른 직장을 구하지 못해서 무슨 일이든 해 보려고 발버둥치는 삶보다, 지금보다 낮은 월급과 대우를 받으며 후회하는 삶보다, 정말 어딜 가나 비슷하구나 깨닫고 체념하는 삶보다, 지금처럼 고인 채로 매일 짜증 내며 조용히 썩어 가는 삶이 최악이다. 박수원은 내가 어디에서도 지금만큼 인정받지는 못하리라고 단단히 믿고 있었다. 나는 박수원의 믿음이 역겨웠다. 그가 나를 얼마나 경멸하는지 확실히 느낄 수 있었다.

후회할 수도 있다. 그렇다면 나는 후회하는 삶

을 살 것이다.

부장님에게는 좋은 곳이겠죠, 여기가.

박수원은 애매한 미소를 지었다. 나는 박수원의 책상에 놓인 사직서를 쳐다봤다. 사직 사유에 나는 이렇게 썼다.

'이곳에서는 누구도 누구를 존중하지 않습니다. 일을 열심히 하면 비웃고 열심히 하지 않으면 비난합니다. 적당히 하라고 말하면서 적당히 하면 질책합니다. 편을 만들어 서로를 깎아내리고 부장님은 그런 분위기를 파이팅 넘친다고 부추깁니다. 공격적으로 말하지 않으면 우습게 보고 친절이나 호의를 가식이라고 쉽게 판단합니다. 남의 사정을 헤아리면 프로답지 못하다고 욕합니다. 내 일에만 집중하면 공동체 의식이 없다고 또 욕합니다. 이곳에서는 모두가 모두를 증오합니다. 저는 하루의 대부분을 이곳에서 삽니다. 더는 이런 분위기 속에서 살 수 없습니다.'

박수원에게 사직서를 읽어 봤느냐고 물었다. 천천히 봉투에서 사직서를 꺼내 읽으며, 박수원은 서너 번 코웃음을 쳤다.

아, 혹시.

박수원이 뭔가를 알아냈다는 표정으로 말했다.

그것 때문인가? 최 차장한테 밀린 거?

네?

그건 전에 내가 알아듣게 말했을 텐데. 최 차장
은 가장이야. 애가 둘이라고. 이 과장이랑은 사정
이 전혀 다르잖아. 이 과장이 최 차장보다 월등하
게 일을 잘했다면 결과가 달랐겠지. 그건 이 과장
이 더 잘 알 거 아니야. 최 차장은 절대 이런 짓 안
할 거야. 회사 입장을 먼저 생각할 거라고.

박수원에게 내 사직 사유는 전혀 중요하지 않았
다. 아니, 나의 의견은 중요하지 않았다. 박수원에
게 나라는 인간은 내가 맡고 있는 일에 불과했다.

이렇게 감정적으로 사표 내는 거 보기 안 좋아.
이 과장은 매사 부정적으로 생각하는 그 성격부터
고쳐야 돼. 그런 성격으로는 어딜 가든 환영받지
못해. 여기는 회사야. 일하는 데라고. 마음 편히 놀
러 오는 데가 아니잖아. 일하다 보면 서로 충돌도
있고 갈등도 있는 거지. 근데 이거를 보면 말이야.

박수원은 사직서를 손가락으로 톡톡 두드리면

서 말했다.

나는 말이야. 징징거린다는 생각밖에 안 들거든. 회사 사람들이 내 편 안 들어줘요, 나한테만 뭐라 그래요, 나 정말 속상해요, 그런 말 아닌가? 사회 초년생도 아니고 세상 천지에 과장씩이나 돼서 이런 이유로 일을 그만두겠다는 사람이 어디 있나? 부끄럽지도 않아?

박수원이 나를 부른 이유를 그제야 깨달았다. 퇴사를 말리려는 게 아니었다. 끝까지 깔아뭉개려는 마음뿐이었다.

부장님이야말로 회사라고는 여기만 다녀 봤으면서 어떻게 확신합니까. 모든 곳이 여기 같을 거라고?

박수원이 또 코웃음을 치면서 말을 시작하려고 했다. 나는 박수원의 말을 듣지 않기 위해 언성을 높였다.

최 차장은 애가 둘이어서 승진하는데 김 과장은 왜 아직도 김 과장입니까? 김 과장도 애가 둘인데? 저는 솔로니까 안 되고 김 과장은 결혼했으니까 안 되는 거 아닙니까? 월등하게 잘해야 승진한

다는 룰은 여자에게만 적용되는 겁니까? 제가 이
대로 퇴사하면 여자라서 책임감이 없고 가정이 없
어서 막 나간다고 말들 하겠죠. 제가 퇴사를 번복
하면 여자라서 책임감이 없고 가정이 없어서 막
나간다고 말들 하겠죠.

요즘은 무조건 여자라서 이렇다 저렇다 하면 다
말이 되는 줄 알지. 이 과장이나 김 과장이나 평소
에는 소 닭 보듯이 지냈으면서 지금은 또 같은 여
자라고 편드는 거야? 그렇게 챙겨 주는 사이였으
면 평소에 잘했어야 되는 거 아닌가? 언제 이 과장
이 김 과장 사정 봐준 적이 있어? 이 과장이 이런
다고 김 과장이 당신 사정을 봐줄 것 같아? 하여
튼……

네, 저는 김 과장 사정 봐준 적 없어요. 그게 여
기 분위기니까. 부장님이 주도해서 만들어 놓은
분위기 말입니다. 더는 그렇게 살지 않으려고 나
가겠다는 겁니다. 내 편이 필요하다는 게 아니라
최소한 서로 경멸은 하지 말자는 겁니다. 유치하
게 누가 누구 편들고 그런 거는 부장님한테나 중
요하겠죠. 부장님은 계속 그렇게 사세요. 짓뭉개

고 깔보면서 아무에게도 존중받지 못하면서. 어디나 똑같다고 말하면서 이곳을 계속 지옥으로 만들면서.

박수원이 자리에서 일어나 폭언을 퍼붓기 시작했다. 나는 듣지 않고 도망치듯 그 자리를 벗어났다. 퇴근하지 않고 사무실에 남아 있던 사람들은 각자의 자리에서 일을 하고 있었다. 박수원과 나의 언성이 높아지는 순간부터 그들도 다 들었을 것이다. 나의 자리로 돌아오며 김 과장의 뒷모습을 흘깃 쳐다봤다. 김 과장은 왼손으로 이마를 짚은 자세로 모니터를 보고 있었다. 나는 컴퓨터를 끄고 가방과 코트를 챙겼다. 사무실 문을 열고 나와 엘리베이터를 기다렸다. 엘리베이터의 닫힘 버튼을 누르려는데 사무실에서 나오는 김 과장이 보였다. 급히 외투를 입은 듯 외투의 옷깃이 뒤집혀 있었다.

엘리베이터 안에서 김 과장은 아무 말도 하지 않았다. 거세게 뛰는 내 심장박동이 김 과장에게도 전해질 것만 같았다. 박수원 앞에 있을 때보다 마음이 더 불편했다. 이렇게 나를 따라 나오면 또

뒷말이 돌 텐데.

근데 나도 그렇게 생각해.

엘리베이터가 1층에 닿았을 때 김 과장이 입을 열었나.

태희 씨가 솔로고 나보다 젊으니까 사표를 쓸 수 있다고. 나는 절대 태희 씨처럼 못 해.

엘리베이터에서 내리며 커피라도 마시겠느냐고 김 과장에게 물었다. 김 과장은 고개를 저으며 할 일이 남았다고 했다. 두어 사람이 엘리베이터에 탔고 잠시 망설이던 김 과장도 엘리베이터에서 내렸다. 복도는 추웠고 바깥은 어두웠다. 김 과장이 외투 주머니에 손을 넣으며 중얼거렸다.

나도 모르게 쫓아 나오긴 했는데…… 태희 씨는 나가면 그만이야. 근데 나는 못 나가. 여기가 끝이야. 알잖아. 버텨야 돼, 나는.

나는 김 과장의 슬리퍼를 내려다봤다.

태희 씨 말이 맞아, 태희 씨 말이 맞거든. 근데 나는…….

고개를 들 수 없었다.

태희 씨 말에 내가 두들겨 맞은 기분이야.

김 과장의 목소리가 조금 떨렸다.

그렇게 말하고 나가 버리면 남아 있는 사람들은 뭐가 돼. 우리는 뭐가 돼, 태희 씨. 우리 일이 그렇지. 사람 그만두고 새로 들어오는 거 일도 아니지. 그래도 생각해 봐, 태희 씨가 그렇게 행동했는데 박 부장이 우리를 그냥 두겠어?

고개를 들었다. 김 과장은 왼손으로 이마를 짚으며 입술을 씹었다.

다 같이 욕하면 되잖아요. 내 욕하면서 수습할 거잖아요.

내 말을 듣고 김 과장은 한숨을 내쉬었다.

그런 뜻이 아니잖아, 내 말은…… 이런 식은 아니라는 거야. 좋게 나갈 수 있었잖아. 송별회라도 하고 그렇게……. 여기서 만든 인연이라고 다 하찮은 거 아니잖아. 당장 내일부터 출근 안 할 것도 아니고. 그렇잖아. 정리는 해야 할 거 아니야. 상황이 이렇게 되면 내일부터 태희 씨나 우리나 불편해서 어쩌려고…….

죄송해요.

웃으면서 말하려고 했지만 도저히 웃을 수 없

었다. 더 말하고 싶었지만 할 수 있는 말도 없었다. 김 과장과 싸우고 싶지도 않았고 김 과장의 이해를 구할 수도 없었다. 그런 시도라면 이미 한참 전에 했었고 포기한 지 오래다.

추워요. 들어가세요. 내일 뵐게요.

김 과장의 손을 살짝 잡으며 말했다.

만원 버스를 두 번 갈아타고 집 근처에 내릴 때까지 아무 생각도 들지 않았다. 회사에서 있었던 일이 꿈같았다. 어깨에 걸친 가방의 무게도 느껴지지 않았다. 길을 걸으며 사람들과 몇 번씩 부딪쳤지만 아프지 않았다. 이전 직장에서 퇴사할 때가 떠올랐다. 20대 후반이었다. 조촐한 송별회 자리에서 '잘될 거야'라는 말을 많이 들었다. 서로를 응원하며 웃는 얼굴로 헤어졌다. 그리고 다시 연락을 나누지 않았다. 아니, 퇴사하고 2년 정도 지나 같이 일하던 선배의 어머니가 돌아가셨다는 부고 문자를 받았었다. 같이 일할 때에도 어머니 건강 때문에 걱정이 많던 선배였다. 장례식장은 원주였다. 그다지 먼 지역도 아니었지만 퇴근 후 다녀오기 수월한 지역도 아니었다. 조문 가는 사람을 수소문해서 조의금이라도 전할 수 있었는데 그조차 하지 않았다. 야근을 핑계로 부고 문자를 잊은 척했다. 며칠 동안 마음이 쓰였다. 나는 좋은 말만 나누려 하고 슬프고 힘든 일은 모른 척하는 사람이었다. 인간적 도리를 피하고 싶을 때마다 과잉 업무는 좋은 핑계가 되었다. 일이 나를 망친다고 생각했지만 일을 핑계 삼아 내가 나를 망치는 경우도 많았다. 박수원은 내게 부끄럽지 않느냐고 물었지. 나는 부끄럽다. 사직서에 쓴 글도 박수원에게 쏟아 낸 말도 부끄럽다. 나도 똑같은 인간이면서 그들과는 다른 사람인 것처럼 굴었다. 내가 쓴 글과 내가 한 말이 나를 공격하는 것만 같다. 김과장처럼 나도 두들겨 맞은 것만 같다.

하고자 결심한 일을 마침내 하고 나면 후련할 줄 알았는데 점점 무너진다. 편의점에서 술을 산 뒤 집으로 가는 야트막한 언덕을 올랐다. 이럴 때 김선우를 생각하는 내가 너무 지겨웠다. 김선우 말고 딱히 떠오르는 사람이 없어 비참했다. 김선우가 아니라 같이 있어 줄 사람이 필요한 건가 싶

었지만 김선우 아니라면 누구와도 같이 있고 싶지
않다는 걸 깨닫고는 그 자리에 서서 맥주 한 캔을
다 마셔 버렸다. 턱이 얼얼할 만큼 추웠다. 발등만
보면서 다시 걸었다. 집 앞에 이르러 고개를 들었
다. 김선우가 나를 보고 있었다.

전화도 안 받고 메시지에 답도 없어서…… 혹시
나쁜 일 있을까 봐 걱정 돼서.

김선우가 말했다.

아, 그런 걸 걱정하는 인간이…….

나도 모르게 말을 내뱉으며 김선우의 얼굴과 목
과 손과 외투와 목도리를 바라봤다. 내가 아는 옷,
내가 아는 외형, 너무나도 익숙한 목소리, 세상 누
구보다 가장 친숙한 이 사람. 우리는 정말 많은 약
속과 결심을 했지. 나는 이 사람에게만큼은 비겁
하지 않았어. 실망시키지 않으려고 노력했어. 나
를 나쁜 채로 포기하지 않으려고 애썼어. 나의 좋
은 순간을 가장 많이 담아 둔 이 사람까지 지운다
면 내게는 무엇이 남는가. 내 인생에서 20년 정도
는 내 뜻대로 살 수 없었던 시기였다쳐도 나머지
세월은 그렇지 않았다. 내게 주어진 조건 중에서

최소한이나마 선택이란 걸 할 수 있었고 그게 바로 나란 인간을 만들었다면, 오늘은 그것을 다 지우는 하루인가. 김선우는 내가 들고 있던 봉투를 자기가 들려고 손을 뻗었다. 우리 사이에 고스란히 녹아 있는 그런 습관과 친절이 그 순간 너무 아프게 느껴졌다. 나는 뒤로 한 걸음 멀어졌다. 발을 떼는 동시에 울음이 터졌다.

너랑 나랑 5년을 넘게 만났어. 5년을 매일 연락하고 뻔질나게 만나는 사이면 연인 사이가 아니어도 무슨 일을 하든 어디에 있든 그 사람 생각은 머릿속에 박혀 있을 수밖에 없어. 그러니까 너는 나를 생각하면서도 다른 사람 손을 잡고 안고 자고 다 했던 거야. 나를 걱정했다는 말이 지금 얼마나 같잖게 들리는지 알아?

말하면서 나는 벌벌 떨었고,

알아, 아는데, 이렇게 갑자기 연락을 끊어 버리면 걱정을 할 수밖에 없잖아.

김선우의 목소리는 차분했다.

내가 너랑 끝내는 순간까지 걱정 끼치지 않게 신경 썼어야 했니?

나도 김선우처럼 차분하게 말하고 싶었다.

그래도 이건 아니지. 네 말대로 우리가 만난 시간이 있는데 이런 식은 아니지.

이런 식은 아니라는 말을 오늘 대체 몇 번을 듣는 건가. 박수원도 내게 그런 말을 했던가. 이런 식은 아니라고? 나도 그와 같은 말을 지금까지 수백번 했겠지. 이런 식은 아니죠. 이런 식으로는 안 됩니다. 이런 식이면 곤란해요.

내가 잠깐 실수였다고 말했잖아. 다시는 그런 일 없을 거라고.

이미 일어난 일은 어쩌고?

그건 다 정리가 됐다니까.

너만 정리하면 되는 문제야?

그쪽도 인정했어. 우리 둘 다 실수고 착각이었다고.

미친 새끼야. 정신 차려. 너희 둘이 정리를 하든 말든 난 관심 없어. 넌 너만 괜찮으면 나도 괜찮을 거라고 생각하는 거잖아. 근데 나도 인간이야. 네 부속품이 아니라 감정과 생각이 있는 인간이라고. 넌 괜찮겠지만 난 전혀 괜찮지 않다고.

김선우는 억울하고 답답하다는 표정으로 나를 바라봤다. 우리가 헤어지지 않는다면 앞으로도 계속 보게 될 표정이었다. 집으로 오는 길에 내가 떠올린 김선우는 우리 사이가 좋았던 때의 김선우였다. 우리는 다시 그때로 돌아갈 수 없다. 내가 그리워하는 건 김선우가 아니다. 어떤 시절일 뿐이다.

나는 너를 용서할 수 없어. 너는 내 인생에서 끝이야.

김선우를 길바닥에 두고 집으로 들어왔다. 신발장 앞에 주저앉아 마음껏 울었다. 집과 일과 사람을 가지려고 아등바등 살았다. 가질 수도 없는 것들이 나를 짓누른다. 나는 아직 이별이 서툴고 이런 식이 아니라면 어떤 식이어야 하는지, 모두가 납득하는 이별 방식이 과연 존재하는지 알 수 없지만 할머니는 그렇게 떠났다. 맑게 떠났다. 할머니가 남긴 2백만 원 이야기를 듣고도 짜증을 내는 내게 엄마는 고마워하는 마음이 먼저라고 했다. 그 말을 들은 뒤에도 그 마음은 내게 없었다. 뒤늦게 엄마의 말이 크게 다가왔다. 용서를 구하고 싶었다. 울음이 멈추지 않았다.

+

비가 내리고 목련이 피었다. 비가 내리고 벚꽃
이 피었다. 비가 내리고 세상은 푸른 잎으로 뒤덮
였다.

토요일에도 잔업이 밀려서, 감기에 걸려서, 때
로는 이유를 말하지 않고 엄마는 오지 않았다. 그
래도 엄마는 사나흘마다 전화해서 나의 안부를 물
었다. 엄마의 물음에 나는 거의 '응'이라고 대답했
다. 엄마의 어두운 방을 생각해도 예전처럼 두렵
거나 복잡하지는 않다. 엄마의 어둠에서 나를 지
우니 어둠은 그저 어둠이 되었다.

이모는 립스틱을 세 개나 샀다. 이모는 매일 밤

영어 공부를 한다. 이모는 자기 영어 이름을 직접 지었다. 제니퍼 안. 내 이름도 지어 줬다. 타이니 리. 이모는 가끔 미경이와 노느라고 늦게 들어온다. 나의 임무는 하나 더 늘었다. 이모가 들어올 때까지 절대 잠들지 않는 것. 왜냐하면 예전과 다르게 이모가 술에 잔뜩 취해서 들어올 때가 많으니까. 술에 적당히 취했을 때 이모는 고양이처럼 소리 없이 움직이지만 잔뜩 취한 이모는 덩치 큰 곰처럼 움직인다. 곰처럼 문을 활짝 열고 쿵쿵 소리를 내며 걷는다. 그럼 할머니가 깰 테고, 싸움은 시작되고, 어쩌면 이모는 자기의 비밀을 할머니에게 다 말할지도 모른다. 밤늦게 대문을 여는 소리가 들리면 나는 잽싸게 현관문을 열고 나가 이모를 진정시킨다. 방까지 이모를 무사히 데리고 들어오면 이모는 웃는다. 웃다가 운다. 눈물을 닦아 내며 정국이 얘기를 꺼낸다. 회사 앞에서 기다렸다는 둥, 얘기를 들어 봤는데 다 개소리였다는 둥, 그 새끼는 내가 바보인 줄 아나 봐, 근데 개도 나름 힘든가 봐, 근데 뭐 나보다 힘들어 지가? 그런 말을 두서없이 꺼내다가 잠든다. 그리고 다음 날에는 아무엇도 기억하지 못하는 사람처럼 군다. 이모도 나에게 버리는 것이다.

사흘 내내 비가 내렸다. 이번 장마는 예년보다 오래 지속될 거라는 예보가 떴다. 다가오는 주말에도 나를 만나러 오지 못할 것 같다고 엄마가 말했다.

응.

수화기를 들고 짧게 대답했다.

서운해?

엄마가 물었다.

아니.

서운하면 서운하다고 말해도 돼.

아니야.

뭐 필요한 건 없어?

없어.

학교에서도 별일 없고?

응.

엄마한테 하고 싶은 말 있으면 해.

그런 거 없어.

화나면 화난다고 얘기하고. 속상하면 속상하다

고 얘기하고.

엄마는 그래?

응?

엄마는 할머니한테 다 말해?

그렇진 않지.

그럼 엄마는 나한테 다 말해?

엄마는 어른이잖아.

그게 무슨 상관이야.

엄마가 미안해서 그러지.

그럼 미안하다고 하면 되지.

미안해.

알았어.

이것 봐.

뭐가.

미안하다고 말해 봤자 달라지는 건 없잖아.

그건, 미안하다고 말한 사람이 달라져야지.

……우리 딸이 점점 똑똑해지네.

떨어져 있을수록 변화를 더 크게 느끼는 거야.

방학하면 엄마한테 올래?

몰라. 보고.

엄마와 가볍지만은 않은 농담을 주고받다가 전화를 끊었다. 옆에서 통화를 듣던 이모가 손톱으로 화장대를 톡톡 두드리며 나를 빤히 쳐다봤다.

내가 방금 너한테서 굉장히 중요한 걸 배운 것 같아.

이모가 혼잣말처럼 중얼거렸다. 잔잔한 빗소리가 이모와 나 사이를 채웠다.

토요일 밤 이모는 오랜만에 적당히 취한 채로 들어왔다. 얼굴에 운 흔적이 있었다. 장마처럼 지루하고 기나긴 이별이었다.

일요일 아침에도 비가 내렸다. 잠에서 깨고도 이모와 나는 이불 속에서 한참을 뭉그적거렸다. 기말고사가 언제냐고 이모가 물었다. 보름 정도 남았다고 대답했다. 오늘 약속 있느냐고 이모가 물었다. 나는 고개를 저었다. 그럼 나랑 어디 좀 가자. 이모가 이불 속에서 일어나 앉으며 말했다.

어디를?

바람 쐬러.

비 오는데?

그러니까.

이모는 옷장을 열고 옷을 골랐다. 티셔츠 대여섯 장을 번갈아 보여 주며 뭐가 제일 예쁘냐고 물어보기도 했다. 화장하던 이모는 내 입술에 립글로스를 발라 주며 옷도 비슷하게 입자고 말했다. 우리는 청반바지에 흰색 반팔 티셔츠를 입었다. 이모는 검은색과 흰색이 섞인 체크 셔츠를, 나는 노란색과 흰색이 섞인 체크 셔츠를 걸쳤다. 우산을 쓰고 집을 나섰다.

비 오는 바다를 본 적 있느냐고 이모는 물었다.

없다고 대답하면서, 마지막으로 본 바다를 떠올렸다. 11살인가 12살 때 엄마 아빠와 바다에 갔다. 웃으면서 출발했고 화난 채로 돌아왔다. 더 어릴 때 엄마와 둘이서 바다를 보러 간 적도 있다. 엄마는 그때 옷장에서 가장 좋은 옷을 꺼내 입고 집을 나섰다. 어째서 이런 기억만 생생할까. 뭔가를 기억할 때마다 내가 파 놓은 함정에 빠지는 것 같다.

기차를 탔다. 서너 시간쯤 걸릴 테니 잠이 오면 자라고 말한 뒤 이모는 빗줄기가 세차게 내리치는 창밖만 쳐다봤다. 나는 가방에서 시디플레이어를 꺼내 이어폰을 귀에 꽂았다. 플레이어 안에는 팻

메시니 시디가 들어 있었다. 한수가 선물로 준 시
디였다.

잠들었다가 눈을 떴다. 비는 계속 내리고 있었
다. 기차 안에 있는데도 서서히 젖어 가는 느낌이
었다.

기차는 종착역에 닿았다. 역 앞 식당에서 국수
와 김밥을 먹었다. 이모는 말이 없었고 비 내리는
거리는 한산했다. 식당에서 나와 각자의 우산을
쓰고 낯선 거리를 걸었다. 10분 넘게 걸었을까. 시
외버스 터미널이 보였다. 이모가 터미널로 들어갔
다. 바다에 간다며? 이모에게 물었다. 이모는 대답
없이 매표소에서 버스표 두 장을 끊었다.

우리는 앞창에 '속초'라는 작은 팻말이 붙은 버
스에 올랐다. 버스 안에는 비릿한 냄새가 고여 있
었다. 비 냄새와 흙냄새가 섞인 것도 같았고 그냥
걸레 냄새 같기도 했다. 버스가 덜컹거리며 속도
를 줄이거나 높일 때마다 속이 메슥거렸다. 배 속
에서 퉁퉁 불은 국수가 출렁거리는 것만 같았다.

토할 것 같아.

이모는 창밖만 바라봤다.

이모, 나 토할 것 같다고.

짜증 섞인 말투가 튀어나왔다. 말도 없이 창밖만 바라볼 거면 대체 나를 왜 데려온 건가 싶었다. 이모는 내가 옆에 있다는 걸 자꾸만 깜빡하는 것 같았고, 여기가 어디인지 어디로 가는 건지 알 수 없는 상태로 이모를 따라다니는 것에 지쳐 버렸고, 신발과 가방은 모조리 젖어 버렸고, 몸은 점점 무거워졌고, 솔직히 자꾸만 떠올랐다. 엄마와 같이 갔던 그 바다가. 좋은 기억은 아니었다. 엄마는 지금 이모처럼 말이 없었고 나는 겁이 났다. 엄마가 곧 폭발해 버릴까 봐. 이모가 가방에서 밀키스를 꺼내 줬다. 내내 같이 있었는데. 이모가 밀키스 사는 건 못 봤는데.

마셔 봐. 좀 괜찮아질 거야.

밀키스를 한 모금 마신 뒤 숨을 크게 내쉬었다.

넌 진짜 네 엄마랑 똑같다.

나도 그 생각을 하고 있었다. 엄마는 차를 오래 타서 속이 안 좋을 때 밀키스를 마셨다. 그럼 좀 가라앉는다고 했다.

에구, 옷도 비슷하게 차려입고 얼굴도 비슷해서

사이좋은 자매간인 줄 알았는데 조카였구나. 여기를 이렇게 누르면 속이 좀 편안해질 건데.

통로 건너편에 앉은 아주머니가 왼손의 엄지와 검지 사이를 오른손으로 꾹꾹 누르는 시범을 보이며 말했다. 말에서 멜로디가 느껴졌다. 음표로 그릴 수도 있을 것 같았다.

엄마는 5남매 중 맏이고 이모는 막내여서 엄마와 이모는 나이 차가 꽤 많이 났다. 이모는 외할머니보다 엄마를 어려워했다. 외할머니한테는 소리지르고 말대꾸해도 엄마한테는 그러지 못했다. 이모는 나의 엄마를 '추운 사람'이라고 표현했다. 나는 우리의 나이 차를 차근차근 헤아려 봤다. 언젠가 나는 이모만큼 나이 먹을 테고 이모는 엄마만큼 나이 먹을 거고 엄마는 할머니만큼 나이 먹겠지. 천사는 영영 0의 자리에 머무르겠지. 0의 자리에서 0으로 돌아갈 우리를 기다리겠지.

속초 터미널에 내렸다. 바람이 많이 불었다. 비와 바다의 비린내가 바람을 타고 휘몰아쳤다. 이모는 내게 택시를 탈 수 있겠느냐고 물었다. 또 차를 타야 한다고? 이모는 조금만 더 가면 된다고 달래듯 말했다.

걸어갈 수도 있어. 근데 비도 많이 오고 택시를 타면 진짜 금방이니까.

바다는 강릉에도 있잖아.

이미 속초까지 와 버렸는데도 나는 그렇게 물었다.

있지. 강릉에도 많지.

근데 왜 이렇게 어렵게 가는 건데.

이모는 대답 없이 택시를 잡았다. 이모는 택시 기사에게 속초해수욕장으로 가달라고 했다. 지금 거기 가 봤자 날씨가 이래서 휑하고 볼 것도 없을 거라고 기사가 말했다. 이모는 작은 목소리로 네, 그렇겠죠, 하고 대꾸했다. 기사는 몇 번 더 걱정의 말을 건넸다. 이모는 창밖만 봤다. 집을 나오고 지금까지, 기차와 버스와 택시를 타고 여러 정류장을 거치는 동안 차창에 비치는 이모의 표정은 미세하게 변했다. 다짐하는 표정에서 울 것 같은 표정으로. 울음을 참는 표정에서 포기하는 표정으로. 자기 기분에 빠져 나는 신경도 쓰지 않고 내내 창밖만 보는 줄 알았는데, 어쩌면 내게 뭔가를 감추려고 그러는 걸 수도 있다는 생각이 들었다. 나누지 않고 굳이 감출 거라면 어째서 나를 데려온 걸까. 나는 정말 이모에게 짜증 내고 싶지 않았다. 나도 택시 기사도 이모가 그곳으로 가기를 포기하길 바랐고 이모는 정말 뭔가를 포기하고 있었다. 제대로 포기하기 위해서 그곳으로 가고 있었다.

해변은 휑했다.
아니, 가득했다. 비와 바람으로. 거센 파도로.

휘몰아치는 비바람과 파도 소리 때문에 귀가 얼얼했다. 우산을 쓸 필요가 없었다. 눈물을 참을 필요도 울음소리를 감출 필요도 없었다. 우리는 해변으로 이어지는 돌계단에 서서 쓸모없는 우산을 간신히 들고 비 오는 바다를 바라봤다. 그건 정말…… 이상한 풍경이었다.

봄에 비가 내리면 꽃이 진다. 여름에 비가 내리면 개구리가 운다. 가을에 비가 내리면 낙엽이 물들고 겨울에 비가 내리면 눈을 기다리게 된다. 숲에 비가 내리면 나무가 자라고 논밭에 비가 내리면 곡물이 자란다. 운동장에 비가 내리면 흙이 젖고 도로에 비가 내리면 아스팔트가 식는다. 바다에 비가 내리면…… 바다가 된다. 바다가 될 뿐이다. 무수한 물방울이 거대한 물에 합쳐질 뿐이다. 대체 무슨 소용이지? 물은 물이 되고 물은 다시 물이 된다는 게? 아무리 애를 써도 나는 나밖에 될 수 없다는 게? 물고기는 물고기로만 살고 새는 새로만 사는 자연의 이치를 생각하자 너무 갑갑했다. 어째서 그래야만 하지? 신은 신으로만 살까? 신은 우주인가? 우주는 우주로만 존재할까? 우주조차 우주로만 존재한다면 우주도 갑갑하다. 너무 따분하다. 세상은 칙칙한 해변과 먹먹한 하늘과 거대한 바다와 곧 바다가 될 빗줄기만으로 이루어진 것 같았다. 살면서 봤던 찬란하고 눈부신 것들은 모두 환상 같았다. 나는 고래고래 소리 지르고 싶었다. 고함을 집어 던져서 눈앞의 풍경을 깨트리고 싶었다. 깨트릴 수 없다면 금이라도 내고 싶었다. 금을 향해 내 몸을 내던지고 싶었다. 내 안에 갇힌 나를 꺼낼 수만 있다면 뭐든 하고 싶었다. 하지만 그래 봤자 나는 나겠지. 마트료시카처럼 나는 계속 나일뿐이지. 죽기 위해 태어나는 것 같고, 이별하기 위해 사랑하는 것 같고, 포기를 위해 꿈꾸는 것만 같다. 가방에 국어사전이 있었다면 '허무'라는 단어를 찾아봤을 거다. 내가 지금 느끼는 이 감정과 '허무'가 딱 들어맞는 단어인지 확인해봤을 거다.

이모, 여기 와 봤어?

대화를 하려면 목소리를 높일 수밖에 없었다. 이모가 고개를 끄덕였다.

정국이랑?

이모는 잠시 어이없는 표정을 지었고 짧게 웃었다.

정국이랑 왔을 때도 이랬어, 날씨가?

나는 왼팔을 넓게 휘저으며 사방을 가리켰다.

아니야, 비는 왔는데 잔잔했어. 저기부터 저기까지 우산 쓰고 같이 걸었거든.

이모는 해변의 끝과 끝을 가리키며 대답했다.

좋았어?

이모는 빗물에 젖은 얼굴을 찌푸렸다. 좋았으니까 우는 거겠지. 나는 이모가 맘껏 울도록 허무한 바다로 눈을 돌렸다. 집이나 길거리나 버스 안에서처럼 울음소리를 내지 않으려고, 울음을 참으려고 애쓸 필요 없이 이모는 시원하게 울었다.

근데 정말 엄청 쏟아붓는다. 이 정도일 줄은 몰랐어.

코를 풀면서 이모가 말했다. 나도 정말 몰랐다. 이별이란 이 정도로 어렵고 복잡한 일이란 걸. 이별은 다시 만나지 않겠다는 약속 아닌가? 엄마와 아빠는 아직도 이별 중일까? 벌써 이별했을까? 남과 남이 만나서 사랑하는 사이로 지내다가 다시 남과 남이 되는 거다. 그러니까 이별은 처음의 상태로 돌아가는 거겠지만…… 완전히 처음과 같은 상태로 돌아갈 수는 없겠지. 젖은 채로 바람을 맞으니 추웠다. 그만 돌아가자고 말하고 싶은데, 이상하게, 계속 바라보고도 싶었다. 물이 물이 되는 정직하고도 허무한 광경을. 분노의 춤을 추는 비 내리는 바다를. 정국이와 만나는 동안 행복해하던 이모를 떠올렸다. 할머니의 못된 말에도 꿈쩍 않던 이모를 이제는 볼 수 없는 걸까. 하지만 행복해본 이모는 지지 않으려고 할 것이다. 이모는 정국이와 하나의 우산을 쓰고 해변의 끝에서 끝까지 걸어 봤으니까. 이렇게 휘몰아치는 하루를 경험한 이모와 경험하지 않은 이모가 같은 사람일 수는 없으니까.

해변을 벗어나 버스 정류장 옆의 작은 가게로 들어갔다. 낚시 도구와 수영 물품과 폭죽과 각종 식료품을 파는 곳이었다. 이모는 가게 주인에게 택시를 불러달라 부탁하고 컵라면과 껌, 물과 초콜릿과 밀키스를 샀다. 이모는 컵라면에 뜨거운 물을 부어 내게 줬다. 추우니까 국물이라도 마시라고 했다. 이모는 자판기에서 커피를 뽑아 마셨다. 플라스틱 의자에 앉아 뜨거운 액체를 마시며 우리는 큰 숨을 여러 번 내쉬었다.

꼭 다시 와 보고 싶었어.

이모가 말했다.

근데 혼자 오기는 무서웠어. 오고 가는 길이 너무 멀고⋯⋯ 외로워서 다시 그리워할까 봐. 그거 다 착각이란 거 잘 알면서도 또 그럴까 봐. 그래도 너랑 같이 있으니까 생각을 좀 덜 하는 것 같아. 네가 뭘 물어볼 때마다 정신 차리게 되고. 어쨌든 계속 신경 쓰이니까. 너랑 오길 잘했어. 정말 잘했어.

……나한테 고맙다는 말인 거지?

샌들을 벗어 젖은 모래를 털어 내며 퉁명스럽게 물었다. 이모는 야단맞은 아이처럼 작은 소리로 겨우겨우 고맙다고 말했다. 좋은 옷을 꺼내 입고 반드시 나를 데리고 집을 나갔던 엄마의 길 끝에는 집이 있었다. 엄마도 무서웠을까. 나를 보살피며 무서움을 덜어 냈을까. 엄마에게도 그리운 마음이 있었던 걸까. 방금 이모가 말하길, 그리운 마음은 착각이랬다. 이모는 오늘 무언가를 확인했다. 나도 확인하고 싶었다.

우리 엄마 아빠 이혼했어?

왜, 엄마가 무슨 말 했어?

이모 목소리가 조금 높아졌다. 당황한 걸까? 거짓말을 준비하는 걸까? 멀리서 택시가 달려오고 있었다. 나는 이 바다에서 얘기를 마치고 싶었다. 이모처럼, 이곳에 마음을 두고 떠나고 싶었다.

아니면 별거하는 거야? 이혼 준비 중?

그거는…… 엄마한테 물어봐. 엄마가 말해 주겠지.

정말 직장 때문에 떨어져서 사는 거라면 이모는 '아니다'라고 확실하게 대답했겠지. 이모는 대답을 미루는 방식으로 확인해 줬다. 택시가 우리 앞에 섰다. 누가 바람을 피운 거냐고 묻고 싶진 않았다. 그건 정말 이모에게 들을 대답이 아니니까.

올 때만큼 기나긴 길이 남아 있었다. 택시를 타고 버스를 타고 기차를 타고 집에 닿으면 깜깜한 밤일 것이다. 여전히 비가 내릴까? 집은 변함없을 것이다. 우리는 어제와 다르지 않은 방에서 똑같은 이불을 덮고 누울 것이다. 하지만 이모는 어제와는 조금 다른 사람으로 잠들겠지. 비 내리는 바다를 봤고 사실을 확인한 나도 조금은 다른 사람으로 잠들 것이다. 비는 비고 바다는 바다다. 섞인다고 하나가 되는 건 아니지.

그러니까 이별할 수도 있다.

우리는 또 울겠지만 절대 같은 이유로 울지는 않을 것이다.

+

여름방학은 엄마 집에서 보냈다.

엄마는 주방 겸 거실과 작은 방이 하나 있는 빌라의 4층에서 살고 있었다. 가구가 별로 없어서 집이 좁게 느껴지진 않았다. 엄마는 '아는 사람'이 소개해 준 공장의 사무실에서 일하고 있었다. 엄마는 혼자 살면서 여러 가지를 해냈다. 퇴근 후 컴퓨터 학원에 다니면서 컴퓨터활용능력 자격증을 땄다. 아직 차는 없지만, 지난봄에는 운전면허증도 땄다. 올해 안으로 제과제빵기능사 자격증을 따는 게 목표라고, 자격증이 많을수록 할 수 있는 일도 많다고, 그래서 너를 만나러 자주 못 갔고 앞으로도 매주 가기는 힘들 것이라고 엄마는 말했다.

　됐어, 나도 바빠.

　나는 대수롭지 않다는 듯 대꾸했다. 짐작과 기대와 실망 같은 것에서 자유롭고 싶었다. 그런 것에 고여서 살고 싶지는 않았다. 엄마가 사는 곳을 이제는 알고, 엄마의 생활을 잠시나마 나눌 수 있으며, 어쨌든 엄마가 말을 해 주었으니, 거기까지만 알자고 생각했다.

　아침에 일어나 지난밤 꿈에 대해 이야기하고, 엄마가 출근하면 텔레비전을 보거나 시내 구경을 가거나 책을 읽거나 문제집을 풀거나 낮잠을 자고, 엄마가 퇴근하면 동네를 산책하고 같이 공부하다가 잠드는 여름이었다. 덥고 습한 7월을 지나 쨍쨍한 8월에는 소나기가 자주 내렸다. 울고 싶은 사람에게 반가운 소나기. 베란다에 쪼그려 앉아 퍼붓는 빗줄기를 바라보며 바다의 비, 비의 바다, 그곳에 두고 온 것을 생각했다. 가만히 앉아 흘러가는 것을 바라보는 시간은 특별했다. 중학교를 졸업하면 엄마와 또 교복을 사러 가겠지. 그때도 엄마는 말할까. 아이 몸에 맞는 옷을 달라고. 그 정도의 후회는 매일 하고 산다고. 엄마와 같이 가지 못할 수도 있다. 그럼 나는 말해야지. 내게 맞는 옷을 달라고. 나는 이제 더 자라지 않을 것 같다고.

미지에게 편지를 썼다. '여름방학에는 계속 엄마 집에 있을 예정이야'라는 문장으로 시작해서 '또 편지할게'로 끝나는 편지. '너는 좋겠다'로 시작해서 '거기까지 갔으니 꼭 서울 구경도 하고 와'로 끝나는 답장이 왔다. '서울'이란 글자를 보자 서울의 이태희가 떠올랐다. 이상한 편지를 받았고 이상한 답장을 보내 버렸지. 서울의 이태희는 내 편지를 받았을까? 이태희의 편지는 외갓집 책상 서랍에 있고 주소는 '서울특별시 은평구'까지만 떠올랐다. 이모에게 전화해서 주소를 불러달라고 한 다음 찾아가 볼까? 찾아가서 뭐 하지? 이태희에게 달리 할 말도 없잖아. 계속 김선우를 만나고 있느냐고 물어봐? 갑자기 하늘이 검어지더니 번개가 쳤다. 천둥소리를 기다리는 동안 엉뚱한 생각은 증발해 버렸다.

아빠 보러 갈래?

어느 저녁 비빔국수를 먹다가 엄마가 물었다.

아빠를? 왜?

본 지 오래됐잖아. 보고 살아야지. 아빠 보러 간 김에 부산 구경도 하고.

아빠가 오래?

너 보고 싶대.

나를 보고 싶다고 말하는 아빠는…… 전혀 상상이 되지 않았다. 아빠는 아마 다른 식으로 말했을 것이다. 애는 잘 크고 있느냐, 가족이 한번 모여야 하지 않겠느냐, 같은 식으로.

엄마는?

나는 엄마 마음이 궁금했다.

나는 뭐?

아빠 보고 싶어?

뭘 그런 걸 물어. 가면 가는 거지.

엄마 마음은 정말 알 수가 없다.

주말에 엄마와 부산으로 가서 아빠를 만났다. 두 사람은 얼마 만에 만난 걸까? 나 빼고 둘이 만나기도 했을까? 셋이 모이기는 정말 오랜만이었다. 엄마와 아빠는 서로를 비난하지 않았고 조심스럽게 말했다. 아빠는 심지어 엄마 앞에 수저를 놓아 줬고 컵에 물을 따라 줬다. 엄마 가까운 곳으로 음식 접시를 밀면서 '입맛에 맞지 않으면 다른 것을 먹으러 가자'고 말했다. 밥을 먹는 내내 아빠는 자기 이야기도 하지 않고 우리의 일상을 묻지도 않고, 부산에 대해서만—가 볼 만한 곳과 맛있는 식당— 말했다.

식당을 나와 아빠의 지저분한 차를 타고 바다를 보러 갔다. 해변에 사람이 많았다. 우리는 해변 끄트머리에 돗자리를 펴고 나란히 앉았다. 해변의 사람들은 죄다 들뜨고 신나 보였다. 우리 가족은 고요했다. 끈끈한 바람이 불고 태양은 이글거렸다. 얼음물을 마시고 싶었다.

아빠가 말했다. 바다에 들어가자고.

나는 싫다고 했다. 사람이 너무 많아서 물이 더러워 보였고, 무엇보다, 아빠랑 뭘 하고 싶지 않았다. 생각만 해도 어색했다.

아빠는 '싫다'는 내 말을 못 들은 사람처럼 다시 말했다. 바다에 들어가 보자.

나는 싫다고 대꾸하면서 이제 곧 아빠가 화를 내겠구나 짐작했다. 아빠는 자기 뜻대로 되지 않으면 화를 내는 사람이니까. 지금도 자기 뜻대로 상황을 만들려고 하니까. 내가 계속 싫다고 하면 사람 마음을 무시한다고 화를 내겠지. 여름 바다에 와서 바다를 보고만 있는 건 시간 낭비라고 아빠가 말했다. 애가 싫다잖아. 강요하지 마. 엄마가 끼어들었다. 바다에 왔으면 발이라도 적셔야지. 오랜만에 모였는데 애한테 추억을 만들어 줘야지. 아빠가 자리에서 일어나며 말했다. 나는 거듭 싫다고 했다. 아빠가 한심하다는 듯 말했다. 이렇게 놀 줄을 몰라서야. 바닷물에 들어가면 생각이 완전히 달라질 텐데.

아, 싫다니까. 생리한단 말이야.

거짓말이었다. 생리는 지난주에 했다. 엄마가 피식 웃었다. 아빠는 할 말을 찾지 못하고 엉거주춤 서서 엄마를 쳐다봤다. 아빠는 상상도 안 해 봤겠지? 생리하는 딸을? 내가 중학생이란 사실은 알까? 아빠 머릿속에서 나는 영영 초등학교 2학년생인 것 같은데. 아빠는 허둥거렸다. 자기 손을 맞잡았다가 놓았다가 얼굴을 한 번 쓸었다가 바지 주머니에 넣더니 지갑을 빼서 3만 원을 꺼내 줬다. 용돈이라면서. 나는 필요 없다고 짜증을 냈다. 엄마가 또 피식 웃었다. 엄마와 아빠가 잠잠하니까 결국 내가 짜증을 냈다. 그래서 우리의 분위기는 한층 자연스러워졌다.

부산을 떠나는 기차에서 엄마가 말했다.

아빠 너무 미워하지 마.

아빠를 미워하는 건가 생각했다.

그리고 나도 너무 미워하지는 마.

엄마를 미워한 적이 있는가 생각했다.

부탁하는 거야.

그런 부탁이 가능한가 생각했다.

미워하는 건 엄마랑 아빠가 많이 했어. 너는 하지 않아도 될 만큼 많이.

엄마와 아빠는 서로를 미워했구나. 싫어했다기보다. 이상하게 안심됐다.

왜 미워했는데?

안심하자 물어볼 여유가 생겼다. 엄마는 한동안 망설이다가, 그건 좀 복잡하고 길고 긴 이야기여서 한마디로 정리하기 힘들다고 말했다.

누가 바람을 피웠다거나 그런 건 아니고?

그런 생각을 했어?

엄마는 약간 놀란 것 같았다.

그럼 하지 안 해? 드라마만 봐도 다 그런 걸로 싸우고 헤어지는데.

그건 아니니까 그런 생각은 안 해도 돼. 엄마랑 아빠는…….

하지만 믿을 수 없었다. 엄마가 뭐라고 말했든 믿지 못했을 것이다.

……노력 중이야. 네 생각해서라도 잘 지내 보려고.

그런 말이 제일 듣기 싫었다. 마치 선심을 쓰는 것 같았다. 자기들은 원치 않지만 나 때문에 잘 지내 보겠다는 말로 들렸다. 솔직히 이제는 우리 세 사람이 한집에 사는 광경을 상상하기 어렵다. 그렇다고 지금처럼 떨어져서 사는 게 좋지도 않다. 객관식 문제는 대개 이런 문장으로 끝난다. 다음 중 옳은 답을 고르시오. 지금 내 눈에는 죄다 오답으로 보인다. 둘은 서로를 마음껏 미워했으면서,

그래서 내게도 미움을 옮겼으면서, 이제 와서 미워하지 말라니. 너무 이기적인 거 아닌가?

내 핑계 대지 마. 나는 엄마 아빠 생각해서 뭘 어쩌지 않거든. 내 생각해서 억지로 잘 지낼 필요 없어. 그게 제일 나빠.

그렇게 말해 버리고 눈을 감았다. 몸을 약간 비틀어 엄마를 외면했다. 사실을 알게 되면 조금은 후련할 것 같았는데 그렇지도 않았다. 이미 나는 믿지 못하니까. 믿지 못하는 사람에게 사실 같은 건 중요하지 않으니까.

개학을 앞둔 주말에는 엄마와 배드민턴을 치고 목욕탕에 갔다. 목욕을 끝내고 돌아오는 길에 막국수를 사 먹었다. 집에 도착해서 엄마는 제과제빵기능사 문제집을 풀고 나는 방학 숙제 문제집을 풀었다. 틀린 문제의 해설 중에 이런 문장이 있었다.

정답은 지문 속에 있다.

그 문장에 밑줄을 여러 번 그으며 '지문' 대신 넣을 수 있는 단어를 생각했다. 정답은 시간 속에 있다. 정답은 실수 속에 있다. 정답은 침묵 속에 있다. 정답은……. 엄마가 나의 문제집에 글자를 쓰기 시작했다.

엄마는 형편없어.

나는 고개를 들지 않고 엄마의 글자가 이어지는 걸 바라봤다.

아빠도 형편없지. 형편없는 우리를 위해서는 뭔가를 할 자신이 없어. 그래서 핑계가 필요해. 지금보다는 나은 사람이 될 수 있는 핑계. 네가 핑계가 되어 주면 좋겠어.

그렇게 쓰고, 엄마는 자기가 쓴 문장을 지우개로 천천히 지웠다. 엄마가 쓴 문장보다 그것을 굳이 지우는 행위가 엄마의 마음을 더 잘 보여 주는 것 같았다. 이모는 엄마를 '추운 사람'이라고 했다. 그 말을 나는, 상대를 차갑게 대한다는 뜻으로 받아들였다. 엄마는 상냥하거나 다정한 사람이 아니니까. 하지만 글자 그대로 '추운 사람'일 수도 있다. 누군가를 춥게 대하는 사람이 아니라 그저 추운 사람. 따뜻해지려고 노력하지 않고, 추운 상태로 존재하는 사람. 그래서 바라보는 사람을 춥게 만드는 사람. 나의 문제집에 자기를 형편없는 사람이라고 쓰고 그것을 지우는 엄마는 무척 추워 보였다. 나도 나를 형편없다고 생각할 때가 아주 많지만 엄마에게 그런 말을 하고 싶지는 않다. 그럴 수는 없다. 그런데 엄마는 했다. 해 놓고 후회하듯 지웠다. 엄마는 어쩌면, 내가 생각하는 것보다 훨씬 서투르고 나약한 사람인지도 몰라.

그렇다면 기꺼이 엄마의 핑계가 되겠다고 생각했다.

엄마가 내 핑계를 대고 잘 지내면 좋겠다고.

÷

두어 달 전에 미리 퇴사 의사를 밝히고 후임자
가 정해지면 인수인계까지 마치고 나가야 한다는
게 회사 입장이었지만, 적어도 이 회사에서 그런
관습을 지킨 사람은 없었다. 점심시간이 지나도록
출근하지 않고 연락도 없어서 그 사람 자리에 가
보면 책상 위에 사직서만 덩그러니 놓여 있는 경
우도 있었고, 월급을 받은 다음 날 아침에 퇴사하
겠다는 메일을 보내고 나오지 않는 사람도 있었
다. 물론 미리 퇴사 의사를 밝히고 조촐한 송별회
까지 치른 뒤 (인수인계까지 완벽하게 마친 사람
은 없었지만) 나가는 사람도 있었다. 박수원의 인

정을 받으면서 박수원을 은근히 경멸하는 사람들은 그렇게 조용히 회사를 떠났다. 박수원을 비롯한 간부들은 남아 있는 사람들에게 지겹도록 말했다. 애사심을 가져야 한다고. 그런 말을 들으면 그나마 남아 있던 회사에 대한 정도 증발했다.

사직서를 낸 다음 날에도 출근했다. 한 달을 마저 채워야 월급을 받을 수 있고, 나 또한 무작정 퇴사하는 사람을 무책임하다고 비난한 적 있으니까. 남아 있는 연차를 모두 쓰더라도 열흘 정도 더 출근해야 했다. 10년 같은 열흘이었다. 맡은 일을 제대로 처리하지 못하고 마지막 퇴근을 했다. 남은 일은 정 대리 차지가 될 것이다. 물어볼 것이 있으면 언제든 전화하라고 말했다. 정 대리는 대답하지 않았다. 나는 재차 말하지 않았다.

나흘 가까이 화장실에 가거나 빵으로 속을 채울 때 말고는 계속 이불 속에 있었다. 생각을 완전히 비우는 방법으로 지난 시간을 모두 지우고 싶었다.

엄마에게 두 번 전화가 왔다. 안부 전화와 가전

제품 사용법을 묻는 전화였다. 엄마는 바쁘냐고 물었고 나는 어, 조금, 하고 대답했다. 나는 계속 회사에 있는 척했다. 설명하고 싶지 않았다.

카톡의 회사 단체 채팅방 두 곳에 읽지 않은 메시지가 점점 쌓여 갔다. 아주 잠깐 그 내용을 읽어 볼까 고민했다. 읽지 않고 채팅방을 나왔다. 채팅방을 왼쪽으로 밀고 '나가기'를 누르자 창이 사라졌다. 그게 끝이었다.

이불 속에 몸을 파묻고 잃었다, 다 잃었다고 생각했다. 짙은 우울이 방 안 가득 고였다.

옆집에서 세탁기 돌아가는 소리가 났다. 창밖으로 오토바이가 지나갔다. 희미하게 강아지 소리도 들렸다. 복도에 택배 상자를 내려놓는 소리, 멀리 사이렌 소리, 어딘가에서 물 흐르는 소리, 냉장고가 차가워지는 소리, 보일러 돌아가는 소리.

내 몸의 심장 뛰는 소리.

하고 싶은 일을 떠올리고 싶었지만 해야 할 일

만 계속 떠올랐다. 해야 할 일을 대충이라도 해야, 하고 싶은 일을 생각할 수 있을 것 같았다. 자리에서 일어나 창을 열었다. 차가운 바람에 몸이 얼어붙었다. 이불을 정리했다. 책상 위에 가득 쌓인 머그컵과 쓰레기, 잡지와 책과 고지서를 치웠다. 방을 쓸고 닦았다. 방은 차게 식고 비교적 깨끗해졌다. 이렇게 쉬운 일을 미루고만 있었다.

먹을 것을 사러 집을 나섰다. 추워서 정신이 번쩍 들었다. 이 겨울이 끝나기 전에 찾고 싶었다. 집이든, 직장이든, 하고 싶은 일이든, 무엇이든. 마트에서 즉석조리 식품을 바구니에 담다가 다시 매대에 내려놓았다. 일을 할 때는 뜨거운 물을 붓거나 전자레인지에 돌리기만 하면 바로 먹을 수 있는 음식 위주로 먹었다. 그때와 똑같은 것을 먹고 싶지는 않았다. 어릴 때 겨울이면 할머니가 자주 해 주던 음식이 떠올랐다. 김치와 두부가 잠길 만큼 물을 붓고 마늘과 설탕으로 간을 해서 오래 끓인 찌개. 당근과 파가 듬뿍 들어간 계란말이. 정말 오랜만에 특정 음식이 먹고 싶다는 욕구가 들었다. 재료를 사서 들어오는 길에 우편함에 가득 꽂

혀 있던 고지서와 전단지도 모조리 빼 들었다. 그
것들을 책상 위에 그대로 내려놓았다가, 또 이렇
게 책상을 어지럽힐 수는 없다는 생각으로 전단지
를 골라 쓰레기통에 버렸다. 세금 고지서는 바로
뜯어 보고 핸드폰으로 계좌이체를 했다.

그리고 남은 봉투 하나.

보내는 사람을 적는 곳에는 아무 글자도 없었
다. 'ㅣ'와 'ㅓ' 같은 모음을 중간에 과감하게 꺾거
나 자음을 크게 쓰는 글씨체가 귀여웠다. 악성코
드를 심은 스팸메일을 떠올리며 봉투를 뜯었다.
빠르게 편지를 읽었다. 다시 처음으로 돌아가 천
천히 읽었다. 편지를 책상에 내려놓고 김치와 두
부를 썰었다. 냄비에 그것들을 넣고 물을 붓고 졸
이듯 끓였다. 두툼한 계란말이를 만든 다음에야
밥을 안치지 않았음을 깨달았다. 쌀을 씻어 밥솥
에 넣고 취사 버튼을 누르고 김치찌개 맛을 봤다.
숟가락을 든 채로 입맛을 다시다가 엄마에게 전화
를 걸었다. 할머니가 해 주던 김치찌개는 어떻게
만드는 거냐고 물어보려다가 질문을 바꿨다.

엄마, 김치찌개에 맛을 내려면 뭘 더 넣어야 하지?

엄마가 다진 마늘을 넣었느냐고 물었다. 응, 한 숟가락 넣었어. 돼지고기도 넣었고? 아니, 고기는 없는데. 고기가 없으면 다시다를 넣어. 다시다? 되묻다가 떠올랐다. 그래, 그런 조미료가 있었지. 외갓집 싱크대에는 늘 그게 있었어…… 생각하면서 책상 위 편지를 쳐다봤다. 이상한 느낌이 점점 선명해져서 혼란스러웠다.

근데 넌 이 시간에 왜 김치찌개를 끓여. 쉬는 날이야?

엄마가 물었다. 시계를 봤다. 창밖으로 여자아이들이 웃고 장난치며 지나가는 소리가 들렸다. 인근 중학교에 다니는 아이들일까.

엄마, 할머니 집 정리는 다 했어?

틈날 때마다 조금씩 하고 있어.

거기 내 물건도 있겠지?

찾아보면 있겠지. 너 어릴 때 쓰던 거는.

엄마, 혹시 나한테 뭐 보냈어?

응? 뭘 보내?

내가 어릴 때 쓰던 거…….

아니, 보낸 거 없는데.

흐지부지 전화를 끊고 다시 편지를 펼쳐 봤다. 말이 안 된다고 생각하며 김치찌개를 올려 둔 불을 끄고 창밖을 멍하니 바라보다 시계로 시선을 옮겼다. 초침이 일정하게 움직이고 있었다. 시간은 저렇게 흐른다. 오른쪽으로, 한 방향으로, 쉬지 않고. 거꾸로 흐르지는 않지만 저 시계만 보자면 시곗바늘이 원의 형태로 움직이니까 겹친다, 지나온 자리를. 하지만 시계는 시간이 아니잖아. 시간은 보이지 않잖아. 보이지 않는 시간을 한 방향으로만 흐른다고 생각하는 이유는 낮과 밤과 계절 때문일까. 태어나고 병들고 죽기 때문일까. 시간은 순서인가. 낮과 밤에 순서가 있다. 죽고 병들고 태어날 수는 없나. 달력과 시계를 바라봤다. 시간은 숫자가 아니다. 시간이 사라지는 것이라면 어릴 때의 나는 없다. 1초 전의 나도 없다. 시간이 기억이라면 어릴 때의 나는 조금이나마 남아 있다. 어제의 나도 남아 있다. 할머니도, 아빠도 남아 있다. 만약에 내가 10분 뒤에 죽는다면 나의 시간은 그것으로 끝이다. 할머니의 시간은 끝났다. 아빠의 시간도 끝났다. 그들은 다른 시간의 세계로 넘어갔다. 사라진 게 아니라…… 넘어갔다. 나의 세계에서 다시 만날 수 없지만 그들은 존재한다. 나는 그렇게 믿고 싶다. 시간은 믿음인가.

10분 뒤를 예상해 보자. 기온이나 습도 등은 달라지겠지만, 세상은 계속 움직이겠지만, 내 신체의 무언가도 미세하게 변하겠지만, 내가 아무것도 하지 않는 이상 나의 세계에 근본적인 변화는 없을 것이다. 나는 시계의 분침을 바라보며 10분이 지나기를 기다렸다. 바라볼수록 시곗바늘은 조금씩 느리게 움직이는 것만 같았다.

회사에는 10분이란 시간이 없었다. 한나절, 하루, 한 달 같은 단위만 있었다. 10분은 아무것도 아니었다. 학교 다닐 때라고 다르진 않았던 것 같다. 시험 칠 때 10분은 소중했겠지. 이제 내게 시험은 아무것도 아니다. 출근할 때 10분은 이상했다. 평소보다 10분 늦게 집에서 나섰을 뿐인데 회사 도착 시간은 3, 40분씩 늦어졌다. 10분 간격으로 죽거나 산 사람들의 이야기를 들은 적이 있다. 할머니의 마지막 10분은 맑았다.

어른들을 원망한 날들이 있었다. 오래전 이야기

다. 내가 어렸을 때 그들은 젊었다. 어린 내게 젊음은 완벽한 어른이었다. 지금 내게 젊음은 얼어붙은 호수 같은 것. 언제 갈라지고 깨질지 알 수 없는 것. 미끄러지지 않으면 얼어붙는다. 서로에게 적당한 속도로 다가갈 수도 제대로 서 있을 수도 없다. 아래의 것이 위로 올라오면 죽고 위의 것이 아래로 떨어지면 죽는다. 내게 어울리는 곳이 아래인지 위인지 판단할 수 없고 빙판에서 우리는 영원할 수 없다. 어릴 적 내게 빙판은 신나게 놀 수 있는 곳이었다. 어른들은 빙판을 조심하라고 했지만 나는 빙판을 위험하다고 생각한 적이 없었다. 언 것은 녹는다. 인식은 변한다. 시간은 쌓인다.

몇 살 때인지 모르겠다. 엄마와 아빠는 소리 지르고 자기 가슴을 때리면서 싸웠다. 나는 두 사람이 서로를 죽일까 봐 무서웠다. 그들을 따라 울어도 봤고 소리도 질러 봤다. 화난 사람들 앞에서 같이 화를 내면 그들이 더 화낸다는 걸 깨달은 뒤였다. 나는 그들을 결코 이길 수도 막을 수도 없었다. 그때 내게 야광볼이 있었다. 학교 앞 문구사에서 동전을 넣고 뽑은 장난감. 형광등 빛을 품어 두었다가 어둠 속에서 눈부신 하늘색으로 빛나는 작은 볼. 나는 문을 닫고 불을 끄고 책상 밑에 들어갔다. 두 손을 모아 그릇처럼 만들어서 야광볼을 담고 눈을 바짝 갖다 댔다. 집요하게 그것만을 쳐다봤다. 눈이 아리도록 빛나던 볼은 점점 빛을 잃었다. 갑자기 문이 열렸고 불이 켜졌다. 나는 내 손안의 죽어 가는 빛에서 눈을 떼지 않았다. 엄마가 나를 붙잡고 흔들었다. 내가 눈을 떼면 야광볼이 서운해할 것 같아서 계속 그것만을 봤다. 엄마가 내 몸을 흔들면서 왜 그래, 왜 그러는 거야, 뭐 하는 거야, 불안한 목소리로 물었다. 계속 야광볼만 보고 싶었다. 그 세계에 빠져 버리고 싶었다. 엄마는 책상 밑에서 억지로 나를 끄집어내려고 했다. 나는 몸에 힘을 주고 손에서 눈을 떼지 않았다. 몸이 오뚝이처럼 기우뚱거렸다. 점점 거칠어지던 엄마의 손에서 갑자기 힘이 빠졌다. 엄마가 울어 버릴 것 같아서 나는 손에서 눈을 뗐다. 엄마에게 야광볼을 보여 주며 천연덕스럽게 말했다. 이거 야광이다. 엄마는 울었다. 아니, 화를 냈던가. 모르겠다. 나는 울음과 화를 구분할 수 없었다. 그날도 엄

마는 옷장에서 제일 좋은 옷을 꺼내 입고 집을 나
갔던가. 그런 날은 많았고 내겐 야광볼이 있었다.
어른들이 싸우면 끼어들어서 이거 야광이라고 말
하고 싶었다.

하지만 아무리 기억을 뒤져 봐도 외갓집에 살던
시절에 이런 편지를 쓴 기억은 없다. 없는 기억은
또 있다. 내겐 그것을 버린 기억이 없다. 할머니는
나의 것을 함부로 버리지 않았다. 아빠가 죽고 며
칠이 지나서야 나는 그것을 손에 쥐고 혼자 울며
빌었다. 할머니 집에 남아 있을 것이다. 천사의 장
난감은.

7에서 출발한 분침이 9에 닿았다.

뜨거웠던 찌개는 식고, 미지근했던 계란말이는
차가워지고, 차가웠던 쌀은 뜨거워졌다.

젊은 시절의 엄마 아빠처럼 자신을 견딜 수 없
어 상대를 증오하는 방법으로 정신없이 화를 내며
살고 있는 나를 찾아왔다. 어린 시절의 내가.

이거 야광이다.

말해 주려고.

+

이모는 새로운 연애를 시작했다. 여전히 할머니에게는 거짓말을 하고 미경이 핑계를 댄다. 울거나 화내는 밤은 많이 줄었다. 할머니와 싸우는 횟수도 줄었다. 정국이랑 사귈 때는 매일 밤 오랜 시간 통화했는데 이제는 내가 알 수 없도록 문자메시지를 주고받는다. 아주 크게 달라진 점이 있다. 내가 이모의 연애를 지키기 위해 할머니에게 거짓말을 하거나 잠을 자지 않고 이모를 기다리면 내게 용돈을 준다는 것이다. 이모는 의젓해졌다.

겨울방학 때도 엄마와 같이 부산에 갔다. 아빠의 좁은 집에서도 하룻밤을 잤다. 첫날에는 겨울 바다를 보고 광어회를 먹었다. 둘째 날에는 시장 구경을 했다. 우리는 서로 조심했고 싸우지 않았다. 그래서 대화를 많이 하진 못했다. 헤어질 때 아빠가 졸업식 날짜를 물었다. 비상이 걸리지 않으면 졸업식에 오겠다고 했다. 졸업 선물로 뭘 받고 싶으냐고 아빠가 물었다. 나는 가족사진이 필요하다고 했다. 그래, 그럼 카메라를 가져갈 테니 그날 같이 사진을 찍자고 아빠가 말했다.

졸업식을 앞둔 주말에 엄마가 졸업 선물로 겨울 코트를 사 줬다. 이모는 가방을 사 줬다. 할머니는 신발을 사 줬다. 그리고 졸업식에는 아무도 오지 못했다. 다들 일해야 했다. 미지의 가족도 보이지 않았다. 하지만 미지는 선물을 많이 받았다. 나는 미지를 도와 선물을 들고 교실을 나섰다. 복도에서, 계단에서, 교문을 나서는 중에도 미지는 선물을 받았다. 미지에게 선물을 주며 우는 아이도 있었다.

너는 기분이 어때?

선물을 두 손 가득 들고 미지의 집으로 같이 가면서 물었다.

뭐가?

이렇게 선물을 많이 받으면 기분이 어떤가 궁금해서.

몰라, 무거워.

미지와 3년 내내 같은 반이었고 미지의 집주소를 외웠지만 미지의 집에 가 보기는 처음이었다. 예전에는 은이 집에 종종 모여 놀았지만 은이가 바이올린 레슨을 받으러 서울 가는 날이 많아지면서 자주 모이지는 못했다. 은이는 예술고등학교에 합격했다. 여러 고등학교의 선생님들이 한수를 스카우트하러 찾아왔다고 했다. 한수는 3년 전액 장학금과 기숙사 제공을 약속받고 이 지역에서 공부 잘하는 아이들만 가는 고등학교에 입학할 예정이었다. 친구들과 나를 비교하고 싶지는 않지만, 은이는 부자고 한수는 천재고 미지는 예쁘고 나는 아무것도 아니라는 생각이 드는 건 어쩔 수 없었다. 나는 너무 초라하고 잘하는 것도 없고, 내 방도 없고, 꿈을 갖고 싶은 마음도 없었다.

동사무소를 지나 대림빌라 나동까지 갔다. 나는 빌라 앞에서 미지에게 선물을 넘겨 주고 돌아가려

고 했다. 하지만 미지 혼자 들고 계단을 올라가긴
힘들 만큼 선물이 많았다. 미지가 집에 같이 가자
고 했다.

집에 아무도 없어?

할머니 있을 건데 상관없어. 내 방에만 있으면
되니까.

미지를 따라 빌라 4층까지 올라갔다. 미지가 주
머니에서 열쇠를 꺼내 현관문을 열었다. 거실이
한눈에 들어왔다. 갈색과 검은색 가구가 많았다.
미지근한 공기에 된장 냄새가 스며 있었다. 거실
의 텔레비전은 꺼져 있었는데도 어딘가에서 텔레
비전을 켜 놓은 것 같은 소리가 났다. 현관에서 가
장 가까운 방의 문을 미지가 다시 열쇠로 열었다.

방문을 잠그고 다니는 거야?

나도 모르게 속삭였다.

어.

멋지다.

뭐가 멋져.

그냥 멋져 보여.

미지의 방은 단출했다. 책상과 책장과 옷장과

침대가 벽을 따라 놓여 있었다. 내가 꿈꾸던 방이었다. 책상 옆에 선물을 내려놓고 외투를 벗으며 미지가 물었다. 짜파게티 먹을래? 나는 좋다고 했다. 미지를 따라 주방으로 나가려는데 미지가 막았다. 여기서 기다려. 내가 만들어 올게. 나는 말 잘 듣는 아이처럼 얌전히 고개를 끄덕였다.

문틈으로 냄비 꺼내는 소리와 물 트는 소리가 들렸다. 이어 할머니 목소리가 들렸다.

누가 왔어?

나야.

아니 또 누가 왔어?

나라니까.

뭘 또 먹어?

…….

아깝게 뭘 또 먹어?

…….

할머니는 물이 아깝다고, 가스가 아깝다고 했다. 라면을 두 봉지나 꺼낸다고 야단쳤다. 미지는 대꾸하지 않았다. 할머니는 계속 말했다. 냉장고를 열지 마라, 수도를 틀지 마라, 아깝다, 돈이 줄

줄 샌다, 가스를 쓰지 마라, 밥솥에 밥이 있으니 그
걸 퍼서 된장에 비벼 먹어라……. 신경질적으로
냄비를 세게 내려놓는 소리가 났고 곧 미지가 방
으로 들어왔다.

나가자.

외투를 걸치며 미지가 말했다.

나가서 햄버거 먹자. 내가 사 줄게.

나는 미지를 따라나섰다. 계단을 성큼성큼 내려
가며 미지가 뭐라고 낮게 중얼거렸다. 빌라를 벗
어나 길을 건넜다. 미지는 햄버거 가게와는 반대
방향으로 걸었다. 배가 고프긴 했지만 나 또한 뭘
먹을 기분은 아니었다. 미지가 집으로 친구들을
부르지 않는 이유를 알 것도 같았다. 나는 내 방이
없으니까 부르지 않는 거고 미지는 방이 있어도
부를 수 없고…… 우리는 친한 친구였지만 서로에
대해 거의 아는 게 없는 것 같았다. 미지는 화가 난
것도 같았고 울적해 보이기도 했다. 미지의 선물
을 같이 들고 미지의 집까지 갈 때 내게 나쁜 의도
는 전혀 없었다. 그래도 뭔가 잘못했다는 기분이
들었다. 미지가 감춰 두었던 비밀 일기를 의도치

않게 엿본 것만 같았다.

미지야, 이건 진짜 비밀인데…… 나 초등학교 졸업식 때 담임 차에 똥을 눴어.

미지가 나를 쳐다봤다. 거의 잊고 살았고, 그날 일이 떠오를 때도 평생 누군가에게 말할 일은 절대 없을 거라고 생각했는데, 절로 그런 말이 나왔다. 미지에게 웃음을 주고 싶었다.

진짜야. 엄청 재수 없는 인간이었거든. 그래서 자동차 보닛에다 똥을 눴어. 목격자도 있어. 망을 봐줬거든. 배순지라고 초등학교 다닐 때 친군데…….

미지는 웃지 않았다. 나는 실패했고, 이제 정말 누구에게도 그때 일을 말하지 않으리라고 다짐했다. 그만 집으로 가겠다고 말하려는데 괜찮으면 자기랑 어디 좀 가자고 미지가 먼저 말을 했다. 우리는 시내로 나가는 버스를 탔고, 늘 내리던 중심가에서 내렸다. 우선 뭘 먹자고 미지가 말했다. 우리가 자주 가던 빵집에도 분식집에도 손님이 많아 앉을 자리가 없었다. 옹기종기 모여서 따뜻한 음식을 먹는 사람들 모두 즐거워 보였다. 미지와 나는 시내를 헤매다가 포장마차에 서서 떡볶이와 어묵을 먹고 붕어빵을 샀다.

종이봉투에 든 붕어빵을 하나씩 꺼내 먹으며 다시 정류장을 향해 걸었다.

좀 멀리 갈 건데 괜찮아?

미지가 물었다.

어디까지 가는데?

붕어빵은 따뜻하고 달았다.

35번 버스 타고 종점까지.

나는 20번 버스만 타고 다녔다. 시내에서 집까지 오가는 버스.

35번이 어디로 가더라.

당주.

거긴 왜 가는데?

거기 엄마가 있어.

엄마 회사?

거기 살아.

아, 그래…….

우리는 3년 동안 친한 친구로 지냈지만 서로에 대해 아는 게 정말 없는 것 같았다. 정류장에서 35번 버스를 기다리며 미지는 마치 드라마 내용을 알려주듯 말했다. 아빠는 세 번 결혼했어. 내가 전에 말한 대학생 언니는 아빠의 첫 번째 아내가 낳은 딸. 사실 오빠도 있는데 거의 만난 적이 없어서 남 같아. 나 동생도 있다. 지금 초등학교 3학년인데 개가 유치원 다닐 때까지는 같이 살았어. 새엄마 아들인데 내가 굉장히 예뻐하고 좋아했어. 어쨌든 내 동생이니까. 근데 새엄마가 개만 데리고 집을 나갔어. 할머니 때문에 못 살겠다고. 새엄마랑 동생이랑 우리 집 근처에 살고 아빠도 거의 그 집에서 지내. 그러니까 봐, 언니랑 오빠는 어쨌든 어른이잖아. 내 동생은 자기 엄마랑 살면서 아빠도 거의 같이 사는 거고. 결국 나만 할머니랑 사는 건데……

35번 버스가 다가와서 미지가 말을 멈췄다. 우리는 버스의 맨 뒷자리에 나란히 앉았다.

있잖아, 네 생각엔 누가 제일 나쁜 인간 같아?

미지가 물었다. 나는 대답 없이 미지의 손만 바라봤다.

저기 저 건물 있잖아. 장수약국 건물.

미지가 버스 창문 바깥으로 보이는 6층짜리 건물을 가리키며 말했다. 1층은 대형 약국이고 2층부터 개인병원이었다. 내과, 치과, 이비인후과, 정형외과 등이 들어서 있었다.

저거 할머니 건물이래. 할머니는 모든 사람을 도둑놈이라고 생각해. 저 건물을 훔치려는 도둑놈. 내가 보기엔 있잖아, 저 건물이 할머니 자식이고 손주 같아.

방에 앉아서 들었던 할머니 목소리가 떠올랐다. 수도를 틀지 마라, 냉장고를 열지 마라, 아깝다, 너무 아깝다…….

할머니 어디 아프셔?

문득 그런 생각이 들었다. 차라리 할머니가 아픈 거라면 좋겠다고.

아니야. 엄청 건강해. 나보다 건강할걸. 몸에 좋은 건 다 챙겨 먹거든. 근데 아까 들었지. 나 라면 한 봉지도 제대로 못 먹게 하는 거. 내가 방문을 걸어 놓지 않으면 할머니가 내 물건 다 가져가. 자기는 쓰지도 않을 거면서 자기 방에 감춰 놔. 예전에는 그 정도는 아니었는데 늙을수록 점점 심해지는 것 같아. 나는 있잖아, 어릴 때는 할머니가 제일 나쁘다고 생각했거든. 근데 요새 들어 생각이 바뀌었어. 아빠가 더 나쁜 것 같아.

나는 다 나쁘다고 생각했다. 덜 나쁜 사람, 더 나쁜 사람 구분하는 건 의미가 없다고.

있잖아. 어쨌든 할머니는 나를 내쫓지는 않거든. 아깝다고 잔소리는 하지만 그냥 거기까지야. 근데 또 우리 집에 먹을 거나 필요한 거는 다 아빠가 사 놓는단 말이야. 일주일에 한 번씩 장을 왕창 봐서 넣어 놓고 가. 진짜 웃기지 않냐.

미지가 피식 웃으며 말을 이었다.

나쁘게만 하면 차라리 헷갈리진 않지. 진짜 이도 저도 아니게……. 엄마가 당주에서 식당 하거든. 나는 할머니 때문에 너무 스트레스 받으면 엄마한테 가서 5만 원씩 받아 내. 그게 내 화풀이거든. 그럼 엄마는 이유도 묻지 않고 바로 돈을 준다. 그것도 진짜 웃기지 않냐. 솔직히 어릴 때는 엄마한테 가겠다고 가출하고 그랬거든. 근데 엄마도 결혼한 다음부터는 나를 좀 힘들어하는 것 같더라고. 그래서 그냥 엄마 얼굴 보고 핑계 삼아 용돈 받아 오는 거야. 이 버스 타고 엄마 가게까지 갔다 오면서 깨닫는 거지. 내가 갈 수 있는 곳은 할머니 집뿐이구나.

나는 친구란 뭘까 생각했다. 우리는 그동안 무슨 이야기를 나누었고 어떤 기억을 만들었나. 같이 있으면 재밌었고 질투했고 외로웠고 때로는 지겨웠고, 친하니까 더욱 비밀을 감췄던 우리들. 미지가 자조적으로 가족 이야기를 털어놓는 순간에도 '그래도 넌 인기도 많고 예쁘잖아'라고 생각하면서 미지보다 더 불행한 이유를 찾으려는 내가 너무 한심했다.

근데 이 짓도 이제 끝이야. 고등학생 되면 진짜 더는 안 갈 거야. 내가 자꾸 찾아가니까 엄마도 이런 상황을 익숙하게 생각하는 것 같고 그냥 나한테 용돈 주는 걸로 만족하는 것 같아서 짜증 나.

창밖으로 낯선 풍경이 지나갔다. 나 말고는 전부 화목한 집에서 살 거라고 생각했다. 남들 부모님은 싸우지도 않고, 텔레비전에서 숱하게 본 다정한 가족처럼, 아빠 엄마 아들 딸로 구성된 가족이 서로를 아끼고 사랑하며 살 거라고. 나는 '가족의 표준'을 알았다. 어릴 때부터 책에서 봤고 학교에서 배웠다. 아빠는 양복을 입고 엄마는 앞치마를 두르고 반드시 남매인 자녀들은 부모님 말을 잘 듣고 모두들 온화하게 웃는 표정. 주변의 다른 가족들이 어떻게 사는지 자세히 들어다본 적도 없으면서 나는 그런 가족이 정답이라고 믿었다. 그 믿음은 나를 더 초라하게 만들었다. 어쩌면 정말 그렇게 사는 가족은 아주 희귀할지도 모른다. 다들 그렇게 살지는 않으면서 그렇게 사는 척하는지도. 서로가 서로를 속이는 지도 모르고 더 불행해지는 사람들.

우리 엄마 아빠도 너무 싸워서 따로 사는 거야. 내가 말했고, 난 할머니나 엄마 아빠처럼은 안 사는 게 꿈이야. 미지가 말했다.

뭐 그런 게 꿈이야. 넌 당연히 그렇게 안 살 건데. 꿈을 더 크게 꿔. 미지의 꿈이 안타까워서 말했더니, 그걸 어떻게 장담해. 솔직히 내가 엄마 아빠 아니면 누굴 닮겠어. 내가 말했잖아. 할머니가 나이 들수록 더 이상해진다고. 나라고 안 그럴 거란 보장은 없어. 미지가 종이봉투에서 붕어빵을 꺼내 먹으며 대꾸했다.

다 식지 않았어?

이거 식으면 더 맛있어.

미지가 내게 식은 붕어빵을 건넸다.

그래도 넌 예쁘고 인기도 많잖아.

결국 말해 버렸다. 그 말이 미지의 기분을 더 좋게 만들 수도 있을 것 같아서.

우리 엄마랑 나랑 똑같이 생겼거든. 근데 우리 엄마 말이 얼굴 예쁜 거 아무 소용없대.

미지가 덤덤하게 말했다.

왜냐면 세상에 예쁜 사람은 엄청 많으니까. 예쁘다는 기준도 다르고. 엄마는 어렸을 때 예쁘다는 말에 집착하면서 힘들어졌대.

그래도…… 너처럼 예쁜 애는 너 한 명뿐이잖아.

너는 있잖아, 꼭 그러더라. 남들한테는 좋은 얘기해 주면서 너에 대해서는 늘 비관적이고.

내가?

응.

나는 뭐…… 잘난 게 없으니까.

미지 말에 반박하고 싶어서 뱉은 말인데, 하고

보니 찬성한 꼴이었다.

너는 화가 나면 선생님 차에 똥을 누는 애잖아.

미지는 웃지도 않고 말했다. 나는 미지가 그 말을 흘려듣지 않았다는 사실에 놀랐고…… 부끄러웠다.

그런 애도 너 한 명뿐일걸. 너는 모르지. 애들이 너한테는 함부로 못 하는 거.

애들은 너한테 더 잘해 주잖아.

야, 잘해 주는 거랑 함부로 못 하는 건 완전히 다른 거야.

미지 말에 반박하고 싶었지만 나는 계속 실패했다. 우리는 각자 생각에 빠졌다. 버스는 한적한 길을 빠르게 달렸다. 우리의 몸은 비슷한 방향과 속도로 이리저리 흔들렸다.

눈 온다.

창밖만 바라보던 미지가 속삭이듯 말했다. 커다란 눈송이가 버스 창에 붙었다가 사라지는 장면을 조용히 바라봤다. 버스가 속도를 줄이며 차고지에 들어섰다. 눈송이는 점점 굵어졌다. 버스에서 내리며 미지와 나는 코트에 달린 모자를 동시에 덮어섰다. 나는 미지를 따라 걸었다. 낯선 동네였지만 내가 사는 동네와 큰 차이는 없었다. 큰길이 사거리로 나뉘는 지점에서 미지가 걸음을 멈췄다.

여기서 잠깐만 기다려 줄래?

나는 고개를 끄덕였다. 미지는 좌우를 살피며 천천히 길을 건넜다. 나는 함박눈을 피해 상가 계단으로 올라섰다. 길을 건넌 미지가 식당 문을 열고 들어갔다. 환하게 불이 켜진 식당 간판에는 '미지밥상'이라고 적혀 있었다.

미지를 기다리며 핑계가 필요한 어른들을 생각했다. 미지가 점심으로 컵라면이나 김밥을 사오면 우리는 환호하며 좋아했었지. 많은 사람이 미지의 그림을 보며 감탄했지만 미지는 자기 그림이 얼마나 특별한지 모르는 것 같았다. 숱하게 고백을 받으면서도 자기가 얼마나 인기가 많은지 모르는 사람처럼 보였다. 미지는 누구나 고백을 받고 자기만큼 그림을 그린다고 생각하는 것 같았다. 미지는 자기만을 특별하게 생각하지 않았고 그래서 나는 미지가 좋았다. 나의 미래보다 미지의 미래가 더 궁금했다. 미지 말이 맞다. 나는 나에 대해서는 비관적인 사람.

바닥에 닿자마자 녹아 버리는 것 같은데도 이상하게 눈은 조금씩 쌓였다.

거뭇한 하늘은 점점 내려앉으면서도 차차 멀어지는 것 같았고.

비슷한 옷을 입고 겨울 거리를 걸어가는 사람들의 얼굴과 표정은 자세히 보면 저마다 달랐다.

한때 나는 우리 모두 지옥에서 왔다고 믿었다. 그러니까 우리는 행복할 수도 있다.

몇 달 동안 낮이 지속되는 나라가 있다고 들었다. 태양 빛이 사라지지 않는 밤. 나는 때로 그런 풍경을 상상한다. 본 적 없기에 더욱 생생하게 마음대로 상상할 수 있다. 내가 마음껏 꿈꿀 수 있는 미래는 오히려 그런 것이다. 너무나 드넓어 둥그렇게 보이는 밤하늘. 짙푸른 숲속 투명한 연못에 떠오른 무지개. 100일 동안 내리는 빗물을 남김없이 먹어 치우는 밀림. 태양과 달이 마주보는 사막. 끝없는 대양을 지치지 않고 나아가는 돌고래. 까만 하늘에 찬란한 날개를 펼치는 오로라. 매일 다른 향기를 흩날리는 라일락이 보물처럼 숨어 있는 작은 섬…… 그런 것이 나의 미래라면 좋을 텐데. 그럼 지금보다는 이롭게, 자유롭게, 힘을 내어서 살 수 있을 것도 같은데.

미지는 천천히 길을 건너 내게 다가왔다. 우리는 다시 차고지로 돌아가 버스를 탔다. 이제 정말 오지 않을 거라고 미지는 말했다. 같은 다짐을 계속하며 우리는 어른이 되겠지. 남들은 절대 알지 못할 하루와 마음을 끌어안으며. 중요한 말일수록 혼잣말로 중얼거리며. 하겠다는 생각보다는 하지 않겠다는 생각을 더 많이 하면서.

35번 버스에서 내렸다. 시내는 시끌벅적하고 화려했다. 20번 버스를 기다리며 미지에게 물었다.

집에 가면 뭐 할 거야.

몰라. 잠이나 자야지.

내일은 뭐 할 건데.

몰라. 잠이나 자겠지.

그럼 우리 집에 놀러 올래. 짜파게티 끓여 먹자.

미지는 천천히 고개를 끄덕였다. 20번 버스가 다가왔다.

있잖아, 오늘 고마웠어. 그리고 있잖아.

미지가 내 어깨에 손을 얹으며 말했다.

졸업 축하해.

—

　깊은 비관에 사로잡힌 어린 시절의 나를 생각하
면 마음이 아프다. 그렇다면 마찬가지일까. 과거
의 내가 지금의 나를 본다면 마음이 편치 않을까.

　답장을 쓰고 싶었다. 펜을 들었다. 어린 나에게
이런 문장을 주고 싶었다.

　나는 불행하지 않다. 그래도 너는 행복하면 좋
겠어.

　하지만 나는 위와 같은 문장을 줄 수 없다. 행복
은 나의 몫이다.

　미리 알려 줄 수 있을 것이다. 아빠를 너무 미워
하지 마. 아빠는 거칠게 죽어. 할머니와 너무 싸우

지 마. 할머니는 변할 거야. 할머니는 언제나 네 편이었고 할머니도 죽어.

그렇게 쓰고 찢었다. 어린 내가 다 큰 나를 증오하게 둘 수는 없으므로.

편지지를 앞에 두고 미지에게 전화를 걸었다. 미지는 전화를 받지 않았다. 문자메시지를 남겼다. 늦었지만 생일 축하해.

밤 10시 넘어 전화가 왔다. 미지는 아이가 옆에서 자고 있다며 속삭였다.

야, 너는 내 생일이 언젠데 이제 와서.

나는 김선우와 헤어졌으며 퇴사했다고, 이사를 준비해야 하고 할머니가 돌아가셨다고 말했다.

야, 이 나쁜 년아.

미지가 언성을 높였고 곧바로 아이가 칭얼거리는 소리가 들렸다. 미지는 아이를 달래지 않고 쏘아붙였다. 너는 진짜 옛날부터 사람이 어떻게 그렇게 매정하냐. 전화 한 통이 그렇게 어려워? 내가다른 건 몰라도 할머니 장례식은 갔어야지. 내가할머니한테 얻어먹은 밥이 얼만데. 나는 거듭 미안하다고 말했다. 할머니의 마지막, 할머니가 내게 남긴 편지와 2백만 원 등을 이야기하며 미지의 분노가 가라앉기를 기다렸다. 아이의 칭얼거리는 소리가 조금씩 잦아들었다. 그래서 어쩔 거야. 미지가 다시 속삭였다. 무엇에 관한 질문인지 분간할 수 없었다.

일도 관뒀다며. 잘됐네. 좀 쉬어. 너 진짜 쉬지도 않고 일했잖아.

다들 그러고 사는데, 뭐.

나는 무기력하게 대꾸했다.

당장 계획 없으면 여기로 내려올래?

부산에?

응. 한두 달 지낼 곳이라면 내가 알아봐 줄 수 있어. 여기서 나랑 광안리 바다 보면서 목욕도 하고.

너 바쁘잖아.

목욕탕 갈 시간은 있어.

거기 가면 뭐 하면서 쉬지?

야, 쉬라고. 뭐를 하지 말고 쉬러 오라고.

생각해 볼게. 근데 너 한수 소식은 좀 들어?

나 결혼할 때 연락 주고받은 게 끝이야. 한국 들

어오면 연락하겠지.

그래…… 미지야.

응.

기억나는 거 하나만 말해 봐.

뭘?

어릴 때 우리가 했던 말이나 했던 일 중에 기억나는 거.

갑자기?

응. 아무거나.

뭐…… 잘못한 일부터 생각나지. 남들한테는 말할 수 없는 거.

너도 그렇구나.

잘나면 잘난 대로 부족하면 부족한 대로 평가당하면서 컸잖아. 그러면서 우리끼리 더 평가하고. 배운 게 그거니까. 근데 갑자기 어릴 때 일은 왜?

그냥. 시간이 나니까 옛날 생각이 나네. 과거의 나를 만날 수 있다면 지금이랑은 다른 태도로 살수 있을 것도 같고.

과거의 너를 만난다고? 너 무슨 영화 봤어?

아니, 그런 건 아니고.

나 4월에 복직하니까 그 전에 꼭 내려와. 얼굴 보고 얘기하자.

응, 한번 갈게.

말만 그러지 말고.

응. 진짜 갈게.

전화를 끊고 집을 둘러보며 없앨 수 있는 짐을 생각했다. 정말 나에게 필요한 것만 챙기고 이 방을 비울 수 있을까. 미지 말처럼 부산에 내려가 한동안 지내고 싶었다. 돌아가야 할 집 없이 살아 보고 싶었다.

연락도 없이 엄마의 집으로 갔다. 엄마는 그다지 놀라지 않았다. 쉬는 날이냐고 묻기에 거짓말을 할까 잠깐 망설이다가 일을 그만뒀다고 말했다. 엄마는 내 예상만큼 걱정하지 않았고, 이왕 그렇게 되었다면 여기 며칠 머물면서 할머니 짐을 같이 정리하자고 했다. 나는 말없이 고개를 끄덕였다.

엄마 집과 할머니 집은 걸어서 20분도 걸리지 않는 거리였다. 이모도 승용차로 한 시간이면 닿는 거리에 살고 있었다. 엄마와 이모는 시간이 날 때마다 할머니 집에 들러 버릴 수 있는 것과 버릴 수 없는 물건을 구분하여 정리하고 있었다.

다음 날 출근하는 엄마를 배웅한 뒤 혼자 점심을 먹고 오후 늦게 할머니 집으로 갔다. 주방과 거실은 이미 정리를 마친 상태였다. 집을 둘러보며 나 혼자서는 아무것도 정리할 수 없음을 깨달았다. 무엇을 버리고 무엇을 간직할 수 있는지 나는 판단할 수 없으니까. 할머니가 사용하던 금수저와 낮고 작은 탁자, 촛대, 성경 필사 노트, 할머니가 10년 가까이 가꾼 행운목 등은 엄마 집으로 옮겼다고 했다. 이모가 챙겨 간 물건도 몇 가지 있고. 나는 엄마나 이모처럼 선택할 수 없었다.

할머니 방에 이불을 깔고 누워 생각했다. 할머니가 남긴 2백만 원으로 할 수 있는 일을. 나무를 살까. 튼튼하고 근사한 과실나무를 가꾸면서 매년 열매를 따 먹을 수 있다면 좋겠다. 할머니가 주는 선물이라고 생각하면서. 근데 나무를 심으려면 땅이 있어야지. 여기 마당에 심을까. 할머니는 이 집을 허물라고 했지. 엄마는 정말 이 집을 허물 생각일까.

선잠에 빠졌다가 현관 문 여는 소리에 깼다.

엄마?

어두운데 불도 안 켜고 있어?

엄마가 거실 등을 켜며 말했다. 그새 창밖이 어둑어둑했다. 나 혼자서는 뭘 어떻게 정리해야 하는지 모르겠어서 좀 잤다고 중얼거렸다. 엄마가 작은방 문을 열면서 말했다. 여기 네 물건도 있어.

중고등학교를 다니던 내내 이모와 같이 쓰던 작은방. 이모의 화장대도 나의 책상도 이제 없고 낮은 서랍장과 이불장만 남아 있었다. 자식들이 모두 떠난 뒤 할머니는 그 방을 창고처럼 썼다. 더는 쓰지 않을 것이나 버리기는 아쉬운 물건을 박스에 담아 차곡차곡 쌓아 두었고, 방바닥에 신문지를 깔고 고추를 말리거나 스탠드 옷걸이에 메주를 걸어 두기도 했다. 서울 생활을 시작한 뒤 가끔 할머니 집에 내려갈 때도 나는 그 방에 들어가길 꺼렸다. 방문을 열어 볼 때마다 너무 낯설었다. 이렇게 춥고 좁은 방에서 이모와 둘이 어떻게 지냈을까 의아하기도 했다.

엄마를 따라 그 방으로 들어갔다.

엄마, 이 방은 너무 추워.

보일러를 잠가 놔서 그래, 여기만.

완전 냉동실 같아.

말하고 보니 정말 냉동고 같았다. 그 방에 넣어
둔 많은 것들이 상하지 않은 상태로 잘 보관되어
있었으니까. 엄마는 벽면 구석에 쌓아 둔 박스 중
하나를 들어 방 중간으로 옮겼다. 나는 바닥에 쪼
그려 앉아 박스의 날개를 열었다. 물건은 노란색
보자기로 감싸져 있었다. 보자기의 매듭을 풀었
다. 일기와 학용품, 편지와 앨범과 시디플레이어
등이 나타났다. 내가 그 방을 떠나고 한참이 지나
도록 책상 서랍 속에 들어 있던 것들. 할머니는 이
것들을 언제 갈무리해서 박스에 넣었을까. 방에서
책상을 빼면서 박스에 옮겨 담은 걸까.

엄마, 이 방에 있던 내 책상 언제 없앴어?

엄마는 모른다고 했다. 우리는 모르는 것이 너
무 많다. 나는 일기장을 두어 권 들춰 봤다. 할머니
는 이것들을 펼쳐 보기도 했을까? 내가 쓴 것들을
읽었을까? 엄마는 추우니까 거실로 나가서 살펴
보라고 했다. 이 중에 챙길 것은 챙겨 가고 태울 수

있는 것은 태우자고.

거실로 나와 박스 안의 물건을 꺼냈다. 스누피가 그려진 색색의 볼펜, 딱풀, 쓰다 만 지우개, 굳어 버린 수정액, 삼각형 모양의 자, 나침반, 각도기, 컴퍼스 등은 팬티 5입 포장용 상자에 들어 있었다. 편지 수십 통은 고무장갑을 잘라서 만든 끈으로 묶여 있었다. 모의고사 성적표도 한 뭉치 들어 있었고, 완전히 잊고 있었던 스티커 사진도 여러 장 나왔다. 작은 헝겊 파우치에 들어 있는 것은 꺼내 보지 않아도 알 수 있었다. 보라색 노란색 줄무늬가 그려진 도넛 모양의 장난감. 나는 파우치를 열어 보지 않고 잠시 매만지다가 가방에 넣었다.

일기장을 꺼내서 훑어봤다. 어린 시절 나의 글씨체가 눈앞에 있었다. 얼마 전에 받은 편지의 글씨체와 같았다. 정말 말이 안 되는 일이니까, 말이 되게 하려고 상상했다. 내가 어렸을 때 써 놓고 책상 서랍에 넣어 둔 편지를 할머니가 책상 정리를 하다가 발견했고, 그것을 간직했다가 돌아가시기 직전에 내게 보낸 것일지도 몰라…… 그 또한 그다지 말이 되는 상상은 아니었다.

고등학생 때 일기는 길어도 10줄을 넘기지 않았다. 중학생 때 일기는 그보다 길었다. 잊었던 일들이 팝업 카드의 그림처럼 튀어나오는 것 같았다.

안방에서 무언가 떨어지는 소리가 났다. 엄마야, 하고 엄마가 엄마를 부르는 소리가 이어 들렸다. 앉은 채로 몸을 살짝 움직여 안방을 들여다봤다. 엄마도 나처럼 웅크려 앉아 무언가를 열어 보고 있었다.

나는 다시 빠르게 일기를 훑었다.

'하루 종일 비가 내렸다. 이모와 속초 바다를 보고 왔다'라고 시작하는 일기에서 멈췄다. 그 일기의 마지막 부분을 읽고 또 읽었다. '비는 비고 바다는 바다다. 나는 나만 될 수 있다. 나는 남이 될수 없다.' 비슷한 생각을 했었지. 지난 번 카페에서. 1년 후에 정말 그 편지를 받을 수 있을까. 과거의 나와 지금의 나를 같은 사람이라고 말할 수는 없지만, 그래도 변치 않은 부분은 존재할 테고, 일기의 마지막 부분을 읽는 순간 마치 만난 것만 같았다. 문장 속에서. 과거의 나를.

가방에서 편지 봉투를 꺼냈다. 미지와 통화한 뒤 고민과 걱정을 접고 즉흥적으로 쓴 답장이었다. 쓰고 다시 읽지는 않았다. 바로 봉투에 넣었다. 그리고 깨달았다. 어디로도 답장을 보낼 수 없음을. 내가 봉투에 쓸 수 있는 건 받는 사람의 이름뿐이었다. 답장을 쓰기 전까지 고심했던 내가 우스웠다. 곱씹어 보니 편지의 내용도 그다지 위험하거나 특별하지 않았다. 과거의 나에게 보내는 편지지만 결국 지금의 나에게 하고 싶은 말이었지. 나 아닌 누구에게도 들리지 않을 혼잣말.

어디로도 보낼 수 없는 편지를 옛 일기장 사이에 넣고 덮었다.

이거 엄마 집에 좀 둬도 돼?

박스를 현관 쪽으로 옮기며 엄마에게 물었다. 버릴 것이 없느냐고 엄마가 되물었다.

아직 모르겠어. 집에 둘 데 없으면 차 트렁크에 넣어 둬도 되고. 다음에 내가 꼭 가져가든 처리하든 할게.

말하면서 예감했다. 언제가 되었든 나는 이것을 버릴 수밖에 없으리라. 엄마나 할머니의 손이 아니

라 내 손으로. 할머니가 내게 남긴 진짜 유산은 바
로 그런 기회일지도 모른다. 그럼 테이프로 박스를
잘 포장해 두라고 엄마는 말했다. 테이프와 가위
를 찾아 박스를 밀봉하려다가 일기장을 살짝 들춰
봤다. 입 속의 혀처럼 편지 봉투는 거기 잘 들어 있
었다. 아주 닫아 버리기 전에 다시 한 번 읽어 보고
싶었다.

봉투를 열고 종이를 펼쳤다.

물과 불과 빛. 그리고 꿈

정용준

1. 물과 불과 빛

오래전 작가의 소설을 처음 읽었을 때가 생각난다. 자리에 앉아 마지막 책장을 덮을 때까지 일어서지 못했다. 그런 경험은 처음이었다. 재밌어서도 아니었고 잘 읽혀서도 아니었다. 그저 놀랐다. 내가 일기장에 쓴 문장 같았기 때문이다. 단어들과 표현들이 오래전부터 내 마음과 감각에 적혀 있던 것들이었다. 소설에서 만난 사람은 가짜가 아니었던가. 몸과 목소리와 모든 것들은 문장으로 이루어진 허상이 아니었던가. 아니었다. 나는 그와 대면

했다. 그는 내 옆을 스쳐 지나가지 않고 내 앞에 우뚝 멈춰 섰다. 나는 그의 얼굴과 표정을 거울을 바라보듯, 우물 속의 빛나는 돌을 찾듯 들여다봤다. 이름을 물었고 이름을 들었다. 그때부터 그는 내게 아는 사람. 더 알고 싶은 사람이 되었다.

그 후, 작가의 여러 소설을 읽을 때마다 그를 만났다. 그들이지만, 그들이어야 하지만, 나이도 다르고, 이름도 다르고, 사는 세계, 겪는 사건이 모두 다른데도, 다 읽고 나면 그들은 그가 되어 내 앞에 서 있었다. 그는 기氣 혹은 영靈 같은 것으로 내 마음에 스며들었다. 밤과 꿈으로 뒤섞였다. 음악처럼 떠다녔고 멀리서 불어와 어디로 가는지 모르는 바람처럼 흘러갔다가 다시 흘러왔다.

알겠다는 마음을 넘은, 이해했다는 끄덕임을 넘은, 동감과 공감까지도 넘은, 이입과 투사의 느낌을 받을 때가 있다. 읽혀지는 것이 아니라 겪어지는 소설. 인물을 만나고 싶다. 그와 나란히 앉아 그가 눈을 두는 곳에 내 눈도 함께 두고 싶다. 바람이 불어오는 곳으로 함께 고개를 돌리고 싶다. 인물을 데려와 내 글 속에 넣고 싶다. 아니 그에게 내 글을 쓰게 하고 싶다. 작가가 결말로 닫아 버린 문을 내 소설에서 다시 열어 다른 시간 다른 공간에서 살게 하고 싶다. 이상한 독후감각. 기이하다. 왜 이런 생각이 드는 걸까? 나는 오래도록 그 느낌을 어떻게 표현해야 하는지 몰랐으나 어느 날 갑자기 소설을 쓸 때 깨달았다. 나를 대신해 말하던 한 말더듬이 소년이 알려준 것이다.

"비슷한 것을 겪었을 거야. 비슷한 통증을 느꼈을 거야. 목소리가 닮았을 거야. 좋아하는 음악과 아름다움을 발견하는 눈동자도 비슷할 거야. 어쩌면 일기의 몇 구절, 편지의 몇 문장은 완전히 똑같을지도 몰라."

작가의 소설을 읽으면 물과 불이 동시에 느껴진다. 진흙으로 된 사람이 있다. 모래로 만들어진 마음과 돌로 된 심장을 가진 사람이 있다. 풀을 뜯는 동물의 목소리로 말하고 밤을 나는 올빼미의 눈동자로 세계를 보는 사람이 있다. 차고 맑은 물속을 고요하게 헤엄치는 불덩어리. 이글거리는 화염 한 가운데 녹지 않고 반짝이는 얼음 한 조각. 물속에 불이 있을 수 있나. 불 속에 물이 스밀 수 있나. 그것은 물리적으로 불가능한 일. 수학과 과학으로는 절대로 셈할 수 없고 증명할 수도 없는 일. 그러나 사람은 가능하다. 불가능하고 불가해한 것을 지닌 채 하루를 살고 잠이 들고 다시 눈을 뜬다. 사랑할 수 없는 것을 사랑한다. 숱하게 죽음을 겪으면서도 몇 번이나 되살아난다. 어떤 물질도 할 수 없는 것을 인간이라는 이상한 물질은 해낼 수 있다.

함께할 수 없는 둘을 함께 지닌 채, 차고 뜨겁게 반짝이는 아름다운 존재. 비유적으로 표현한 것이 아니다. 수사가 아니다. 과장이 아니다. 왜곡도 동화도 아니다. 사실이다. 정말이다. 물리적으로는 안 되지만 유기적으로 되는 것. 사물에게는 불가능하지만 생물에게는 가능한 것. 그것이 사람이라는, 소설이 알려준 지식이다. 끔찍한 시간이 기이하게 흐른다. 정오의 태양이 정수리 위에서 이글거리며 불타오르는 순간에도 사방이 어두워지는 깜깜한 시간을 사는 사람이 있다. 그러나 그는 어둡게 물들지 않는다.

물속의 불. 불 속의 물. 사라지지 않는 얼음. 꺼지지 않는 불꽃. 안에서부터 밖으로 어둠을 뚫고 나아가는 한 줄기 빛. 무엇도 누구도 부술 수 없는, 어떤 이야기와 사건으로도 꺼뜨릴 수 없는, 빛. 헛되이 낙관하지 않는 눈동자. 허무와 슬픔의 먹이가 되지 않는 눈동자. 스스로를 속이지 않고 포기할 줄 모르는 빛으로 만들어진 완벽한 물질.

2. 꿈

아이는 자라 어른이 된다. 하지만 언제, 어떻게, 어른이 되는 걸까. 어떤 어른은 자신이 어른이라는 것을 모른다. 어떤 어른은 어른이 되지 못했는데 어른이 되었다고 착각한다. 어떤 아이는 자신이 어른이 되었다는 것을 모르고, 어떤 아이는 자신은 태어날 때부터 어른으로 태어났다고 믿는다.

『내가 되는 꿈』에서도 아이가 나온다. 아이는 자란다. 그러나 어른이 되지 않았다. 어른스러운 아이가 됐을 뿐이다.

어른은 상처를 주고 아이는 받는다. 가장 많이 사랑해 줘야 할 부모는 가장 많이 상처를 준다. 껴안는 두 손으로 때리고 사랑을 말하는 입술로 저주를 퍼붓는다. 바르게 자라도록 도와야 할 선생은 성장하는 아이의 마음과 가능성을 구부리고 누른다. 상처 입어 휘어지고 구부러진 아이는 고개를 숙이고 피로한 몸을 끌며 땅만 보며 집과 학교를 오간다. 생각할수록 마음이 패이고 숨 쉴 때마다 따가운 날들. 누구에게 말해야 할까. 누가 내 말을 들어줄까. 누가 내 마음을 알아줄까. 없다. 없어. 나는 내게 말하리라. 내 말은 내가 들어줄 거야. 내 마음을 아는 사람은 내가 될 거야.

아이는 눈물을 닦고 입을 굳게 다물고 일기를 쓰기 시작한다. 여기에 없는 친구들과 사랑들을 향해 부치지 못할 편지를 쓰기 시작한다. 해는 지고 별이 뜨고 별이 지는 깊은 새벽. 연필은 줄어들고 손가락이 아파도 아이는 멈추지 않는다. 잠들지 않는다.

'나는 꺾이는 중이었고 부러지기 직전이었다. 왜 이런 사람이 되었나. 내 존재를 지우고 싶었다. 지우는 방식으로 선명해지고 싶었다. 나를 외롭게 하는 사람들. 내 허락도 없이 어떤 어른들은 내 것을 함부로 찢고 없앤다. 이 세계의 중심에는 지옥이 있다. 세계는 씨앗처럼 지옥을 품고 있으며 그 씨앗에서 세계는 탄생했다. 아기가 태어나자마자 우는 건, 잠에서 깰 때마다 우는 건 지옥을 기억하기 때문이다.'

아이는 물에 잠겼다. 몸부림쳐도 몸에 붙은 불을 끌 수 없었다. 상처가 낫기 전에 또 상처가 생겼다. 아이는 늘 죽기 직전이었고, 실제로 몇 번은 죽었으며, 스스로도 죽어야 한다고 생각했다. 그렇게 하루하루 지났다. 괴로울 땐 마음이 어둡고 답답할 땐 생각을 나뭇가지와 돌멩이에 가두고 집 앞에 버렸다. 걷고 또 걸으면서 어둠을 향해 거울을 향해 혼잣말처럼 중얼거렸다. 글자를 닮은 약하고 납작한 말들이 마른 나무에 새로 돋고 지는 잎사귀처럼 가득 맺혔다가 후드득 떨어지기를 반복하는 사이 계절이 흘러갔다. 아이는 매 순간 '지금'을 살았고 마침내 어른스러운 아이가 된다.

어른스러운 아이는 이제 어른이 할 수 있는 모든 일을 할 수 있다. 어른이 할 수 있는 모든 생각을 할 수 있다. 어른이 할 수 있는 모든 말을 할 수 있다. 이제 어른에게 복수할 수 있고 이제 어른에게 말할 수 있었지만 어째서인지 이 아이는 망설인다. 생각하고 또 생각하는 것처럼 쓰고 또 써 봤다. 그렇게 스스로 묻고 또 물었다.

'나는 어른이 되고 싶었던 걸까? 아니. 나는 그냥 내가 되고 싶었던 것뿐이다. 그것은 시간이 흘러도 될 수 없는 것, 몸이 커지고 마음이 많아져도 될 수 없는 것.'

아이는 복수심을 갖고 자랐지만 실제로 복수를 하고 저주의 표현을 했을 때 스스로를 징그럽고 부끄럽게 여기게 된다. 불행의 조건은 차고 넘치지만 불행하다고 여기지 않으려 한다. 지옥에서 태어났으면 지옥의 원주민이 되는 것이 맞다. 그것은 자연스러운 일이다. 하지만 아이는 '내가 되는 꿈'을 꾸고 있기에 그렇게 되지 않으려 한다. 그렇게 되도록 내버려두지도 않는다. 아이는 자신이 생각하는 것보다 강하고 단단했다. 용기를 내야할 때 용기를 냈고 진실을 봐야 했을 때 직시했으며 사실을 사실로 확인했다. 그렇게 한 시절, 한 사건, 한 장면씩 맨몸으로 뚫고 앞으로 나아갔다. 지구를 집어삼키는 멜랑콜리아 행성이 다가와도 온전히 대면하고 인정했던 저스틴처럼 의연했다. 두렵고 떨렸고 놀랐지만 두려워하거나 떨거나 놀라워하지 않았다. 아이는 비 내리는 바다 앞에 서서 말했다.

"또 울겠지만 절대 같은 이유로 울지는 않을 것이다. 비관에 사로잡힌 어린 시절의 나를 생각하면 마음이 아프다. 너와 나는 같은 사람이 아니다. 너는 어딘가에서 행복할 것이다. 나는 불행하지 않다."

3. 나

"그래서 아이는 내가 됐을까?"

작가에게 묻고 싶다. 작가는 이렇게 답하겠지.

"아이는 오래전부터 나였어요."

꿈은 불가능한 영역에 머물지 않는다. 꿈은 이미지가 아니다. 꿈은 되고 싶은 것도, 될 수 없는 것도 아니다. 꿈은 미래에서 기다리지 않고, 과거에 머물러 있지도 않다. 꿈은 그냥 나와 함께 있다. 항상 그랬고 앞으로도 그렇다. 보고 싶으면 볼 수 있고 함께 있고 싶으면 함께 있을 수 있다. 나는 작가가 '꿈'이라는 단어를 관념과 개념이 아닌 사실과 진실로 썼다고 믿는다. 추상이 아닌 형상으로 묘사했다고 믿는다. 이야기로 기술하지 않고 일기처럼 고백했다고 믿는다. 허구를 만들었지만 진실의 언어로 한 장 한 장 쌓아 만들었다고 믿는다.

물이었고 불이었고 빛이었던 아이는 이제 꿈이기도 하다. 상처가 있지만 상처에만 몰두하지 않는다. 비극적인 일을 겪었지만 비극의 주인공처럼 살지 않는다. 내 삶은 해피든 새드든 결정된 엔딩이 있는 이야기가 아니라는 것을 믿는다. 그리고 증명한다. 계속 살아가는 것으로, 다르게 살아가는 것으로, 생각하고 고민하는 것을 멈추지 않는 것으로, 쓰는 것을 그만두지 않는 것으로, 계속 증명해 낸다. 이것이 증명인 줄도 모르고, 내가 이미 내가 됐다는 것도 모르고, 꿈을 곁에 두고 사는지도 모르고, 이토록 용감하고 대범하게 사는지도 모르고, 그렇게 살고 쓴다.

작가는 매번 다른 소설을 썼지만 아이는 작가의 여러 소설 속에서 이만큼 자랐다. 상처 주는 어른의 피를 물려받았지만, 지옥의 씨에서 태어났지만, 아이는 운명을 받아들이지 않았다. 자연스러운 인과와 전개를 거부했다. 그것이 무엇이든 이어받는 것을 거절했다. 내 삶과 지금과 내일을 지옥으로 만드는 것을 허락하지 않았다. 매 순간 부끄러움을 느끼면서도 스스로의 수치와 한계를 직시하고 온몸으로 겪어 내면서도 피하지 않고 불

속으로 물속으로 빛 속으로 걸어갔고 그 순간을 정직하게 기록했다.

　그 아이를 알아봤던 내 소설 속 작은 소년은 어느 날 일기에 다음과 같이 썼다.

　'나도 저렇게 되고 싶다. 나도 어른스러운 아이가 되고 싶다. 울겠지만 같은 이유로는 울지 않겠다. 내가 되는 꿈을 꿀 것이고 기어이 내가 되겠다.'

　그리고 일기를 덮으며 말했다.

　"고마워."

작가의 말

—

'나는 한 명뿐'이라고 생각하면 막막하다. 이 삶을 혼자서 책임져야 한단 말인가? 그럴 때 여러 나이의 나를 떠올린다. 일곱 살, 열다섯 살, 스물세 살, 서른여섯과 마흔여덟 살, 쉰아홉 살, 기타 등등의 나를. 스스로가 너무 못마땅해서 끈적끈적하고 희뿌연 기분에 잠겨 버릴 때는, 과거의 나와 미래의 내가 현재의 나와 공존한다고 생각한다. 여기나는 무겁게 지쳐 있으나 거기 나는 상심을 털어내고 웃고 있구나. 이런 상상을 하다 보면 힘이 난다. 책임감이 조금씩 단단해진다.

다양한 시간, 다양한 공간, 다양한 우주에 내가 존재한다면…… 어떤 세계에서 내가 슬퍼할 때 다른 세계에서 나는 기쁘다. 저 세계에서 내가 삶의 경이로움에 빠져 있을 때 그 세계에서 나는 전력을 다해 삶을 저주한다. 무수한 나는 나라고 말할 수 없고 유일한 나는 찰나의 찰나. 우주는 아주 넓고 깊고 신비로우므로 내가 유일하든 무수하든 상관없을 테고, 허무하긴 마찬가지다. 허무를 잊지 않으면 낙관할 수 있다. 현재에 집중할 수 있다. 이런 생각을 하다 보면 담대해진다. 괴팍한 불안이 혼자 지껄이도록 내버려두고 소설을 쓸 수 있다. 쓰다 보면 견딜 수 있다.

+

소설을 읽어 주신 분에게 감사합니다. 책 한 권을 끝까지 읽는 사람의 마음을 생각하면…… 걸어갈 날이 까마득히 남아 있는 쓸쓸한 길 위에서도,

비릿한 조롱으로 기가 죽은 날에도 겁은 나지 않아요. 담담하게 걸을 수 있어요.

원고의 돌덩이부터 티끌까지 세심하게 보살펴 주고 응원을 건네주신 윤희영 팀장님 감사합니다. 팀장님의 글자와 메일을 보며 마음을 다잡는 순간들이 소중했어요. 팀장님 덕분에 저는 '어떤 일에 온 정성을 다하여 골똘하게 힘씀 또는 그런 마음'을 더욱 좋아하는 사람이 되었습니다.

발문을 더해 준 정용준 작가님, 우리가 이렇게 글로 이어지는 과정이 나는 무척 기쁘고 고마워. 네게 햇살 같은 빛을 진 것 같아서 신이 나고 그걸 꼭 갚아야지 생각하면 쨍하게 기운이 난다. 네가 준 기운으로 나도 여기서 이렇게 쓸 수 있어. (소설 만세)

÷

어제의 나와 오늘의 나를 똑같은 존재라고 말할 수는 없지만

내일의 나 또한 여전히 쓰는 사람이길 희망하
며,

2021년 2월 최진영

내가 되는 꿈

지은이 최진영
펴낸이 김영정

초판 1쇄 펴낸날 2021년 2월 25일
초판 17쇄 펴낸날 2024년 12월 5일

펴낸곳 (주) **현대문학**
등록번호 제1-452호
주소 06532 서울시 서초구 신반포로 321(잠원동, 미래엔)
전화 02-2017-0280
팩스 02-516-5433
홈페이지 www.hdmh.co.kr

ISBN 979-11-90885-62-1 04810
      978-89-7275-889-1 (세트)

* 책값은 뒤표지에 있습니다.

현대문학 핀 시리즈 소설선 ——————